无论遇到什么事
最终都成了好事

悦耳湖畔

山杏儿 著

谨以此书献给
历经挫折
依然热爱生活的
每一个人

天津出版传媒集团
百花文艺出版社

图书在版编目（CIP）数据

悦耳湖畔 / 山杏儿著. -- 天津：百花文艺出版社，2023.1

ISBN 978-7-5306-8414-6

Ⅰ. ①悦… Ⅱ. ①山… Ⅲ. ①长篇小说-中国-当代 Ⅳ. ①I247.5

中国版本图书馆 CIP 数据核字(2022)第 208592 号

悦耳湖畔

YUEER HUPAN

山杏儿　著

选题策划： 王　欣

责任编辑： 刘佩莲　　**装帧设计：** 云上雅集

出版发行： 百花文艺出版社

地址： 天津市和平区西康路 35 号　**邮编：** 300051

电话传真： +86-22-23332651（发行部）

+86-22-23332656（总编室）

+86-22-23332478（邮购部）

网址： http://www.baihuawenyi.com

印刷： 长沙市精宏印务有限公司

开本： 710 毫米×1000 毫米　1/16

字数： 180 千字

印张： 15.5

版次： 2023 年 1 月第 1 版

印次： 2023 年 1 月第 1 次印刷

定价： 69.80 元

如有印装质量问题，请与长沙市精宏印务有限公司联系调换

地址：湖南省长沙市岳麓区观沙岭街道西江庭院 006 栋 705

电话：(0731)85817162

邮编：410023

风卷大地后的平静

MILK

序

[XU]

故事从音乐开始，这个国家的居民不到三百人，他们都生活在一座高山上。这个国家还没有国歌，居民都在忙着为国歌献计献策。当然，这个国家还有个朴素的名字，叫“感恩国”。

在这座高山上，有一块粉色的湖泊，还有一栋七层楼的城堡，在城堡里发生了很多故事，很多人生百态。关于贫穷，关于天赋，关于挣扎，关于希望。

故事里有三个女人和三个男人，一个小孩。一共七个人物，还有七个生灵，分别是湖泊，高山，森林，星空，稻田，麋鹿和狗。

本书共分为四个篇章：“醒”“梦”“乐”“归”，这些有血有肉的遭遇，人物的品性及其处境，不同文化之间的差异，以及大自然和人类的天赋，融汇成四个篇章，以“悦耳湖的发现，大火灾后离开悦耳湖，‘高原台风’后再次重回悦耳湖”为时间主线，讲述了故事里每个人坚韧不拔，向阳生长的一段人生旅程。

在开始阅读这个故事之前，我要请求读者朋友们对我一贯坚持的第一人称写作喜好进行包容。用第一人称写作是一件非常奇妙的事情，我将自己代入整个故事中，融入血肉之躯的喜怒哀乐中，似乎能够极大的减少文字的距离感，因此言必称我。

夜空的繁星在闪耀着光芒，苍茫的宇宙中万物都在生长。我们那么费劲地来到这世上，又那么费劲地去翻山越岭，都是为了这一生当中短暂的几个幸福快乐的瞬间。

当一切归于安宁和平静，我们的内心会住满那些不会消失的幸福和快乐。

M U LU 目录

** 卷一　春生。醒 **

** 卷二　惊蛰。梦 **

** 卷三　白露。乐 **

** 卷四　冬至。归 **

卷一 JUAN YI

春生。醒

一场大火毁掉了家园，人们不得不背井离乡。

第一章　飞来横祸

在“感恩国”的大文雪山上，分布着大大小小十几个高山湖泊，悦耳湖是其中最美的。这是一个有天然音乐的湖泊，湖泊四季的颜色也会随着周围人的情绪变化而发生变化，喜悦的时候是鹅黄色，悲伤的时候则是墨灰色，焦躁的时候是棕色，只有在每年的感恩节是粉色的。每天清晨，悦耳湖会咕噜噜地冒着泡，有透明的烟雾缓缓飘上来。六只小天鹅成双成对，慢悠悠地游弋在平静的湖面。

天晴的时候，我常常躺在湖边的草坪上一天，什么也不干，就这样呆呆地仰望着这天空出神。这大概是上帝遗落在人间的最后的湖泊，过去仙女和灵兽待过的地方。我常常惊叹于悦耳湖的巨大深邃与迷人。她总是带着温润的光，似乎不会让任何人尴尬，你做什么她都会陪着你，回应你，她像一个在爱意中长大的小姐姐，向路过的每一个人分享着爱意，奏着年复一年都未曾变过的轻快的乐曲。

悦耳湖不远处有一座古砖结构的七层城堡，这里却是另一番景象。残缺的屋顶，锈迹斑斑的栏杆。城堡四周布满沼泽，前院有几棵大树，水浇太多都坏掉了，散发着湿漉漉的腐烂味儿。院子里随便一块石头就有上千年历史，却随意散落在地上，其貌不扬，没人知道是个宝。城堡外墙隐隐约约勾勒着中世纪残缺不堪的壁画，枯萎的蔓藤爬上一个个窗台，窗台的角落则是破旧的蜘蛛网。城堡的楼梯间有些诡异，全是单一的土黄色，黑漆漆的像进入洞穴，楼梯宽度只能容纳一个人，上下间距很大，接近垂直，且越往高处就越不稳。房间里有壁炉和烤箱，烤箱特别简陋，只能烤地瓜，不能调温度。整座城堡里里外外，每个季节都是阴暗潮湿的，每个房间都不能幸免。每间房间里都有破旧的风扇和折叠椅，有些房间还有软软的沙发，虽然房间的物件都破旧不堪，但好在收拾得井井有条。城堡的后院有一口传说看一眼就会掉进去的井，城堡的男人在这口井的四周插满了各种各样的螺丝钉，并在井口放了一些稻草。

我第一次来这座城堡的时候，在很远的地方就能感受到扑面而来的孤独和悲凉。大概这是巨龙作战之后留下来的战败品，还沾染着低沉之气。每到夜晚，这后院风的声音就像狼吼一样绵绵不休，喳喳地叩响着枝桠。有时候还会有狼群的影子出没，狼群来的时候，风的声音就更大了，如果是拍一部电影，完全都不需要做音效。这座城堡的居民似乎已经熟悉了后院的狼群，狼群经过后院的时候，他们听到了声音，但没有一丝害怕，城堡的人都学会了与狼群和谐共处。

威严和霸气不属于这座古堡，你所能想到的破旧和穷酸可怜，在这里呈现得淋漓尽致。但似乎这破旧并没有一丁点影响到我们的心情，甚至我们已经习惯了这破旧。

今天早上我带着很多压缩饼干和乳酪棒去园子里摘果子，果子还没摘到，才走了十分钟的路，这一天的食物就被载我的车夫，那条壮硕的羊，悄悄地全偷吃光了。我气得半死，恶狠狠地丢掉了羊独自赶路。

悦耳湖四周都是神秘的部落，总是不断带给我惊喜，仿佛有数不尽的宝藏等着我去探险和挖掘。大自然的旺盛勾引着我拼命一直往前赶路，忘记了疲惫和饥饿。我在丢掉了羊，走了一个小时路之后，发现了一座英式花园。

花园很大，估计有200多平米，造景层次丰富，路线蜿蜒曲折，像是有人特地设计过的。虽然这高山之处明明不会有其他居民，但我想是城堡里的某位邻居比我先发现这个花园，默默地打理着呢。

这显然是一个热爱园艺之人的作品，花园用篱笆和矮墙作为边界，植物选品十分有野趣，花园中还有鸡舍和蜂箱，每一个鸡舍和蜂箱上面都雕刻着可爱的名字。随处还可以看到主人用闲置材料建造的小型景观。一切似乎都在随意地模仿自然，看似漫不经心，任意布置，可充满了趣味和生机，每一处都有不同的惊喜。这里种满了几十种植物，有柑橘树、铁线莲、毛地黄、百合、月季、单瓣大丽花、线性羽扇豆、野棉花、矢车菊、德国鸢尾、虞美人、圆锥绣球、大滨菊、花葱、蜀葵、山绣球、风铃草、毛剪秋罗。花园的植物杂乱却生机勃勃，傲视着远处的山顶。

这原生态的花园就像是一位爱恨分明，又有点不屑一顾的少女，带着妖娆又张狂的尖刺。她的父母永远在发愁，不知道她哪一天才能蜕变成一位沉稳且有质感的淑女。

宁静庄重的性格原本就不属于花园啊。该姹紫嫣红的时候，你又怎能逼她守着灰溜溜的文房四宝呢。

走到深处，有各种可爱的野生小动物在花园散步，我想估计夜晚还会有神秘“可怕”的大兄弟光顾，比如说狼。这群狼白天住在废弃的集装箱里，星星出来的时候开始满山行动。

大概由于是阴天的缘故，这花园也少了些许明媚，多了丝颓废，但是整个花园都飘着植物的絮丝，最妙的是后半段的水景，即使是湖泊里整片的水流过，步伐也是极缓极轻的，似乎不忍打扰花园里的宁静。

一切都在蓬勃发展，即便是在这阴天，依然有条不紊。深入其中，这个花园时刻在提醒我，不管是人类还是动植物，不论什么国籍，生命都是珍贵且挡不住的，这个花园值得花几个小时慢慢品味。

才一眨眼的工夫，回头一望，已是夕阳西下之时，悦耳湖以最美丽的姿态呈现在我眼前，我为之沦陷，忘了时间。

城堡的烟囱飘出一缕笔直的青烟，烟刚离开红泥烟囱时，还是青色的，但一旦融进黄昏的天空，就化成了灰色。

一楼的高达先生开着窗，望着那缕青烟，独自出神。

高达是个来自中国的北方男人，也是第二位入住城堡的人。他刚来城堡的时候，骑着枣红马，手中拿着柄刀，露出一副唯我独尊的骄傲架势。他的后背挺拔，高大魁梧，估摸着有一米九，也可能更高，走路带着雄鹰的气势。他的眼睛很冷漠却很锋利，像极了狼的眼睛。他从马背上下来的时候，有一个穿黑色棒球服的小男孩跟着他一起下来。他一只手把马拴住，一只手拉着小男孩，拿下行李，住进了一楼。

二楼的子木先生在书房用电脑敲打着新的研究报告，他时而思考，时而呆呆望着窗外出神。子木是来自丹麦的生物学教授，个子不高，清瘦，常年穿着一件带麋鹿图案的灰色麻料格子衬衣，冬天的时候会加一件牛皮袄。听说子木教授的家族是丹麦没落的名门，他非常有修养，我们从未在他嘴里听过一句脏话，也从未看他发过怒。他早年游历各国，被人尊敬，拥有一切却唯独没有拥有女人。

三楼的思琴，此时正坐在银色梳妆台前，试着新口红。镜子里的脸，从睫毛到下颚，好精致的轮廓。梳妆台是银色的，轻盈的高脚结构，镂空的花边镜子恰到好处，在视觉上拓宽了空间，也美化了背景墙，让梳妆台和整个人都充斥着优雅的少女气息。思琴是个性感可爱的小女人，有天生丰满的乳房和高高翘起的臀部。她的先生据说是马来西亚富商，很少回家，一年最多见三次。思琴精于衣着打扮，也不知道她的衣橱有多少衣服，只知道她每年都会捐一批衣服，但即便是这样，我们还从未见过她穿同样的一件衣服。她偏爱女人味的裙子，蕾丝剪裁，印花和镭射，这些都是她钟爱的元素。她的嗓音略低有辨识度，皮肤白得发光，一颦一笑举手投足都透着撩人的风情，我作为一个同龄女性，都常常看得神魂颠倒。

四楼是我的房子。在五年前的一个黄昏，我感到身体里有巨大的恶魔在夜夜嘶吼，我知道自己要远离自己熟悉的地方，要去一个陌生的地方躲起来一阵子，但没想到我这一躲，就不知不觉在这里度过了很多年。我曾经有个帅气的弟弟，有一次弟弟跟妈妈去工厂，滚动的齿轮卷走了 8 岁的弟弟。第二年，家门口隆隆的火车铁轨也带走了妈妈，我跟父亲的日子从此再不见阳光。我害怕任何带轮子的东西，包括洗衣机和路上开的车。这些年，我都是用手洗衣服，用脚走路。妈妈走后，我脾气变得非常怪，常常生闷气，动不动就发无名火，父亲也很少管我。我二十一岁大学毕业后在上海找了一份工作，月薪 6000 元，上了三个月班，被最好的朋友盗刷信用卡 20 万，她刷了我的信用卡后我还没来得及找她还钱,她跳楼自杀了。22 岁我谈了个男朋友，谈了四年，到了见家长那天才知道，他有严重抑郁症要靠药物维持正常生活，他妈妈在精神病医院关着，父亲癫痫病晚期。我问他我们会不会有未来，他一周时间沉默不语，后来我才知道他有前妻，还有一个 6 岁的精神疾病患儿常年在医院接受治疗。那时候整个人精神是崩溃的状态，我清楚地知道自己不能再待在上海了，否则我整个人可能就要崩塌了。

这些过往，像强电流一样，总是在不经意间将我击倒，让我痛不欲生，我不明白自己好好的一个人，为什么总是会碰到一些奇奇怪怪的事情。

我知道我心里的毒已经埋得很深了，我总以为忙碌的工作会让我忘记这一切，但是在某一刻，不知道是哪一股毒力，经过的时候，马上会把我打回原形。心里的那只熊在嘶叫，不受控制。

父亲跟我说，不要害怕。我想明白了，我得为了我的老父亲好好地活着，我决心来到“感恩国”的悦耳湖。之所以选择这里，原因很简单，因为工作的原因，我常年往返“感恩国”，对“感恩国”我有熟悉感，这里也没有人认识我，我可以开始新的生活。一开始我只打算在这里待上三个月，可是后来我发现我整个人简直跟这里融为一体，悦耳湖这一带就像我的第二故乡，它包容我，它像母亲年轻时温柔的怀抱，拥抱了我，给我了全新的生命。

五楼的李孝子在眯着眼睛拉小提琴，他沉醉在自己的琴声里不能自拔。李孝子的母亲早年因病过世，跟父亲过日子。父亲是这一带的名医，在抢救一场全民性的流感疾病中不幸遇难。父亲为这场流感战役作出了巨大贡献，也付出了巨大代价。人们称呼李孝子为英雄的儿子，一定要护他一路顺风顺水。李孝子一辈子无欲无求，唯独爱小提琴如命，他简直是为了小提琴来到这世上的。父亲走的那天，他还在拉着小提琴，忽然琴弦断了，他一刻也等不了父亲下班回来，他偷了父亲的私房钱买了一把新的小提琴。

新的小提琴还没开箱，他就成了孤儿，拥有了无数的父母。他看着蜂拥而来的大人不知所措，他只顾拉着小提琴，他还是很快乐。

父亲给他取名孝子，他却一刻也没有做过孝子，估计等到他死的那一天，都将不知道何为孝子，只知道能拉一天小提琴就快乐一天。

李孝子非常抠门，不愿意为任何人花一分钱，包括自己，只在小提琴上花钱。李孝子也很有女孩缘，可能是因为他有英雄后代的称号，再加上一副艺术家的好皮囊，长大成人后总有很多女孩前仆后继往上贴。跟着他的女孩有些是虚情假意，少有几个是真心实意，还有些估计只是因为寂寞。

六楼的温温，是个 4 岁的小孩，聪明过人，3 岁的时候就能拿单反拍照片，还混进成人组拿了个冠军。他无忧无虑，也嚣张跋扈。温温和他的父亲简直是一个模子刻出来的，温温不像别的小男孩，他不黏母亲只黏父亲。

他的父亲一本正经地靠在椅背上开着视频会议，一脸严肃地听下属的汇报，突然温温疯了一样爬上他的大腿，坐在他怀里吃着糖果，下属集体噤声睁大眼睛盯着屏幕里的一大一小。温温这小人扭着头，居然对着摄像头，对着父亲的一帮下属说："他不是我爹！"

温温睡觉前喜欢照镜子，照镜子时发现镜子里的自己是一个白发苍苍的老头，吓得哇哇大哭。过一会儿再去看，还是一个老头的模样，遂哭得更厉害了。第三回照镜子的时候，镜子里的老头还在对自己笑，温温气得把镜子摔地上，还使劲踩了几下。再跑到客厅的大镜子前去照，还是那个老头挥之不去。烦躁到了极点，手脚开始乱蹬乱踢，还是不解气，只好拼命往爸爸妈妈怀里钻，泪眼汪汪寻找安慰。

也不知道温温看到了什么，反正温温看到的世界总跟大人不一样。

七楼的项太太，她这会儿在做日式挞挞鸡，85 天的童子鸡最适合做挞挞鸡，昨晚项太太用苹果汁和梨煮水加上南美香料已经腌制一晚了，早上拿出来还冒着复杂且层次分明的香味。

挞挞鸡冒着气儿，另一锅甜口儿的卤肉也在锅里吱吱作响，简单配上木耳炒时蔬和一锅杂粮饭，丰盛的晚餐很快就好了。

项太太每日游走在厨房，与心爱的器物和美味食材融为一体，做出一道又一道极具辨识度的美味。

今天该是一个热血沸腾的夜晚，悦耳湖要庆祝一年一度的中秋佳节。

皎洁的月亮与城堡微弱的灯光交相辉映，优雅的天鹅拂过湖面留下涟漪，风也很温柔。

《水调歌头》中的几句：不应有恨，何时长向别时圆。人有悲欢离合，月有阴晴圆缺。此事古难全。但愿人长久，千里共婵娟。

一代又一代人走哪儿大概都不会忘记中秋的仪式感。

项太太忙活了一天，给大家做了草莓可颂、海盐芝士爆浆蛋糕，当然还有来自她家乡特色的鲜肉月饼，这鲜肉月饼皮又酥又香，馅又嫩又甜。项太太挨个敲门让大家到悦耳湖边来品尝。思琴在湖边布置了“思秋”红色主题甜品台，玫瑰花束一时间像是被施了魔法，加上融入了许多刺绣、折扇和大鼓的中秋元素、特意搭配的特色木雕小动物，让这悦耳湖仿佛也焕然一新。

闻着沁人心脾的秋日花香，吃着别具一番风味的鲜肉月饼，显然大家都格外轻松，无国界无障碍交流。虽然整座城堡也只有子木一位不会汉语，但完全不会有沟通障碍，时间在爽朗的笑声中其乐融融。

这里的月亮竟然与童年时的一样明亮。

对中秋的记忆，童年时的印象最深刻最甜蜜。那时的月饼，没有现在五花八门的品种和口味，也没有眼光缭乱的包装盒，能有牛皮纸包的就很不错了。

那时候，母亲和弟弟也都还在，每当中秋节来临之际，父亲总是尽最大的可能，准备丰盛的中秋糕点、糖果和水果。舅舅那时寄居在我家，他则会引导我们创作中秋的诗。

每年中秋节的夜晚，吃过饭后，皎洁的月光，透过后院的大树洒落一地淡淡的光影，全家人围在用两三个木凳拼在一起的“桌子”边，坐在小凳上，大家靠得很近。母亲摆上几个小盘，父亲在小盘中分别放上切好的月饼和糖果。我们一家人围坐在小桌边，一边吃着甜甜的糕点和糖果，一边听父亲和舅舅讲家乡的故事。

那是我最盼望的时刻，中秋的甜蜜时时回荡在心中，窗外的月，成了一种陪衬和背景，而屋内的家人就是中秋节的含义。所以，从小留在我记忆里家乡的山水，总有中秋的味道，甜甜的、永远值得回味。一枚小小的月饼，寄托着所有中国人内心深处的团圆和美好。

我已很多年没有在中秋节吃月饼，今天在“感恩国”的这个偏远的高山湖泊旁，我竟然吃上了鲜肉月饼。

年少时，月饼是甜的，而此时，这月饼却是说不出的味道，是如此饱含温度的食物。

还没吃上几口，打雷闪电，每个人都落荒逃回屋。

一会儿又安静了，人们都入睡了。到了半夜，雷又起来了，雷劈到了城堡后院的树，着了大火，没一会儿工夫火焰都蹿到了我家窗户旁边来了。我鞋子都没来得及穿，从四楼跑去楼下邻居家挨个敲门喊人快跑，最后发现大家都比我跑得快。

他们在大火中唱起了听不懂的歌，一个个露出满头大汗的微笑，让我误以为我在梦境中。

经过一个小时的扑救，大火全部扑灭，可是我们却失去了栖息的家园，这屋子恐怕是回不去了。

第二章　一桩好买卖

城市来的园丁有办法解救这场火带来的损伤，但是他要求这座城堡的每个人交出一件自己最珍贵的东西来作为交换。

一楼的高达交出的是一张床单，那是他的第三任女友，新竹留下来的。

新竹和高达第一次见面，拿着橘子说“给你吃”，简单的举动，眼里却闪着小星星。房间恰到好处的光影照在她脸上那一幕，朱红细唇和黑色直发简直迷倒众生。直角肩、锁骨、唇线、乱发、眼神，内敛的野性更引人入胜。当这样一张，青涩神秘富有故事感的新面孔出现在自己面前的时候，高达第一次有点慌。

一个月后，高达拥新竹入怀中的时候，新竹整个身体在发抖，高达下意识地松开了手。

一时间，空气仿佛凝固了，不知是喜悦还是吃惊。

高达知道自己心里一直有执念，就是想要拥有一个从身到心，都完完整整只属于自己的女孩，过去兄弟们都笑话他，说他只能一辈子打光棍了，他偏不信。

今天，这样一个女孩居然活生生地出现在自己的面前，高达有点不敢相信。

新竹一双大大的眼睛，长长的睫毛，高傲仰起的小脑袋，俏皮地看着他，高达一瞬间乱了方寸，一双手僵住那里，无处安放。

高达的血液在沸腾，体温在上升，一颗心在翻江倒海，恨不得火箭般冲进去，一分一秒都等不了。

而头顶三尺处似乎有神明，有一个声音在叫嚣，在把自己往后拉，让自己清醒。

高达把新竹抱得更紧了。

高达喘了一口粗气，光着脚也顾不上鞋了，径直下了楼。他知道自己不能在这个房间待上哪怕一秒。

今天的这个小姑娘，柔柔弱弱，竟然这样豁得出去，分明想要的是人而不是钱，哪是自己给得起的，责任这东西，是最要男人命的。

“我可以等。”新竹给高达发了一条微信。

一个月后，高达再次出现在新竹的家门口。

这一个月，高达明显消瘦了很多，自打上一次离开，也怪了，没有一天不在朝思暮想。一想到新竹可能因为工作原因和其他男人说说笑笑，或者言语亲密，就心急如焚。

在梦里都能多次看到新竹的笑脸，越是想要忘记越是忘不掉，总是想念，总是想相见，反反复复，像被施了魔法。

这种纯粹的心动，纯粹的不受控制的思念，让高达相信自己动了真心，此刻，他只想拥她入怀中，看看她肆无忌惮的笑容，陪在这个女孩身边，给她幸福的生活。

开门的时候，新竹像一只受了委屈的小猫，眼泪直往下掉，小脑袋调皮地往高达身上蹭，高达一把抱起新竹，用脚关上了卧室的门。

这一次，他们融为一体了，耳边萦绕的是新竹低低的耳语：“达达，是你吗？”

高达，第一次，渴望为人夫为人父。

那晚的床单，高达一直留在身边，今天他交出了这张床单。

二楼的子木交出的是一册私人画本，里面记录了他曾经旺盛的精力，甚至清晰地记录着和他有过肌肤之亲的女人们的眉眼和细节，这册画本 32 岁那一年后就没有更新。32 岁那年，有个叫不出名字的神闯入了他的梦里，让他作出选择，选择让悦耳湖一带饱受饥饿折磨的孩子免受饥饿，就一辈子不能拥有女人，哪怕一次都不能拥有。一夜之间，他就丧失了那引以为傲的雄性能力，他的生命里就真的再也没有过女人。

子木开始吃素，这让他一颗无时无刻不在渴望女人的躁动的心获得了一丝丝平静。

子木开始跑步，这样可以消耗一些他无时无刻不在为女人准备的旺盛的精力。

子木潜心研究生物学，并励志在这个领域作出一番成绩，毕竟他脑海里无时无刻不在放映着各种动物欢愉的场面。

而悦耳湖这个地区，也奇迹般的再没有饥饿的小孩。看来神在梦里的嘱咐是管用的。

在“戒毒”这几年，子木用相机记录了悦耳湖的春夏秋冬。

春天的悦耳湖，还带着晶莹脆弱的冰，微微撞上她，她都能轻易地破碎千万次。像极了情人的心，扑通扑通，噗嗤噗嗤，一阵乱碎。

夏天的悦耳湖，时不时兴风作浪，挑着桃花眼，带着滚烫的醉意，不经意间融化了一地的芳华，勾走了无数少年的心。

秋天的悦耳湖，宁静得几乎没有声音，却百般温柔，倘若游在湖中，那就像是被少女轻轻抚摸。上方一簇两簇白云，眼下从未迟到的候鸟，一眨眼的功夫，湖边草木摇落，满露皆为霜，秋天的草还得秋天锄完。

冬天的湖没有温度，就像一只沉睡的大型动物，什么也打扰不到她。鹅毛大雪挨着冬天的湖，悄悄地述说着藏在心头许久的秘密，可湖在呼呼大睡，不爱听呢。就让这寂静维护寂静，让你拥有我就够了。

子木已经不再需要女人，他已经暂时摆脱了黄毒，这本私人画本只代表过去，不交出去也该销毁了。之所以还能称之为宝贝，那是因为，他曾经为之疯狂。

三楼的思琴交出的是：瑞士洛桑国际少儿运动会花样游泳比赛冠军的证书。

思琴从小就继承了妈妈的美人胚子和爸爸的毅力。小的时候那叫一个漂亮啊，眼睛圆溜溜亮晶晶的，皮肤雪白雪白，像个瓷娃娃。五岁的时候，她被教练选中进了少年宫游泳队，别的小朋友还在努力克服恐惧的阶段，她如猛虎一般一头扎入水中义无反顾。思琴小时候是真爱游泳啊，每天早上六点独自一个人出门训练，冬天的水那么冷也没在怕的，她妈妈还在睡懒觉，她已经满池披荆斩浪掌声四起了。

只可惜摊上了个投机取巧的妈和四海为家的爸，没人打理这好苗子，也就凋谢了。

思琴妈坚持不让思琴再去游泳队的理由只有一个，六点钟就起来打扰她睡觉了，担心自己一张重金保养的脸跟着受罪。

思琴赌气关着门在房间里哭了一天一夜，饭也不吃，枕头都哭湿了，她妈妈打扮得花枝招展地出门喝下午茶去了，瞅都没来瞅她一眼，只丢下了一句话：“琴琴呀，妈妈是为了你好。”

回来时，妈妈给她带回来一套公主裙，逼着她穿上。穿好后，妈妈使劲鼓着掌：“你看看我生的这么漂亮的女儿，将来可是要嫁个有钱人，一辈子衣食无忧的。游泳多累，身上皮肤被水泡得肿肿的多难看。”

思琴只好强颜欢笑，她知道，她若摆着一副不高兴的脸，一会儿她妈妈又得伤心地哭了，一边哭还会一边说着爸爸是如何不管这个家，要不是有她这个女儿在，妈妈早就去追求自己的幸福去了。

只要妈妈不哭，思琴觉得让自己干什么都行。

从小思琴就比其他孩子懂事，懂得心疼妈妈。

妈妈从小把她往嫁有钱人家庭的模型培养，说话温声细语，学舞蹈，让脸蛋和身材充满女性魅力，眼睛学放电楚楚惹人爱，会发嗲会讨男人欢心，说到底，是想让她吃男人这口饭。

思琴长大成人了，也谈了几个男朋友，都被她妈妈拆散了，妈妈棒打鸳鸯的理由本质上永远只有一个：这个男孩子家里不够有钱。

二十五岁那一年，思琴在工作中认识了一位马来西亚富商，大她 18 岁的老男人。老男人在一开始就跟思琴交代，自己有家世，物质上什么都能给她，但就是给不了一纸婚姻。

思琴的妈妈似乎望穿秋水终于相中了一位梦寐以求的如意佳婿，她焕发了从未有过的活力和斗志。她一步步为女儿盘算着，如何让这个男人对自己神魂颠倒，爱得死去活来；又如何在恰当的时机用一些手段困住这个男人，让男人心甘情愿为自己买别墅买豪车，过上衣食无忧的生活。

思琴就这样，在母亲精心地设计下，住进了富人区的别墅，开上了帕拉梅拉，拥有了三个保姆，一个负责开车，一个打理卫生，一个准备一日三餐。

思琴的母亲坐在阳台上的秋千上，晒着太阳，眼角微微张开，慢悠悠的说着："妈妈早就说了，女人是要靠男人养的，不是有口饭吃，有张床睡这么简单，是要追求生活质量的。你看看你，现在过得多舒服，妈妈也跟着享福。"

实际上思琴拥有的是没有名份的婚姻，同时内心还会被破坏别人家庭的道德深深谴责，她的精神常常在半夜会崩溃。与其说这是她渴望的生活，不如说是她妈妈渴望的生活。二十岁出头的时候，她也曾发过誓，要靠自己的努力让妈妈过上理想的生活，但每个月那点微薄的工资，在大城市也只够勉强养活自己，买不起一砖一瓦。直到今天，她看到妈妈眼里从未有过的幸福笑容，她才知道，原来妈妈想要的，确实是自己再怎么努力也达不到的财富高度，眼下的生活质量，如果靠自己，在这个年纪几乎是做梦。她也曾给自己定下目标要嫁给一个有钱人，让妈妈过上她想过的生活，却没有料想到竟然是以这种见不得光的形式得到。

不管怎么说，她让妈妈如愿以偿了，不是吗？她从小到大，努力取得的任何一个优秀的成绩，都没有今天的这个成绩让妈妈满意。

她从五岁懂事开始，就希望妈妈无忧无虑，希望妈妈过得幸福。

她希望妈妈能嫁个比爸爸好很多的男人，跟着这个男人可以衣食无忧，这个男人可以保护妈妈不受任何伤害，给妈妈幸福快乐的生活，护妈妈一生周全，包容妈妈的任性与要强。

她希望妈妈能有个聪明能干，有本事的女儿，而不是像她这样，小时候是个病猫，少女时代是个爱哭鬼，长大了还是个没有本领的花蝴蝶，给不了她富足体面，更谈不上人上人的生活。

思琴甚至忘记了，自己原本可能靠自己走出一条属于自己的黄金大道，毕竟，她曾经也是一个样貌出挑，还满是天赋的小孩。

这该死的“有毒的母爱”，真是害人不浅啊！

今天，思琴交给了园丁一件压箱底的宝贝，唯一的一张少儿游泳冠军的证书，那是她曾经的荣誉和梦想。

而我，交给园丁的是18岁生日那天，穿的一件小黑裙。

我的少女时代消失在18岁那一年。18岁生日那天，我趴在飘窗上看到了彩虹，家里的客厅摆满了鲜花和食物，阳光照进来，妈妈在厨房准备大餐，爸爸在书房处理工作，弟弟在院子里训练狗狗握手，我穿着小黑裙在全身镜前臭美。

吹完蜡烛的第二天，妈妈工作的车间，那巨大的滚动的齿轮卷走了年幼的弟弟，妈妈悲伤过度，每天晚上都会发了疯一样出去找弟弟。第二年，门前的那条火车铁轨和齿轮交汇，带走了妈妈。妈妈可能找到了弟弟，跟弟弟相见了。

那天以后，我就再不知道什么是快乐了。

哪怕作为文科状元站在领奖台上，我也没办法挤出一张笑脸。

哪怕去“感恩国”读书，毕业后能够留下来工作，我也没有丝毫开心的表情。

哪怕养了很多年的狗狗离开的那个晚上，我的眼里依然没有泪水。

我的妈妈和弟弟，他们走了，带走了我在这世上的所有表情。

我不知道我在天上的妈妈和弟弟是否能够看到我今天取得的一点成绩，我更不知道他们看到我今天这个样子会不会心疼，我已经过了好多年行尸走肉、机械般的生活了。

我今天，靠自己，在“感恩国”也能独立生活，有房子住，有东西吃，有一份体面的工作，而我的妈妈不知道在天堂过得好不好，是不是还在受苦，夜里会不会还哭泣。

妈妈就是我生命里最大的一尊佛，我总是相信，有妈妈在心里，这生活怎么样都可以再风生水起，逆风翻盘。

今天，我交了小黑裙，那是我曾经最快乐的一天穿的裙子。

五楼的李孝子，交的是自己的小提琴。

新的小提琴抱回家的时候，他才知道自己成了孤儿，却也拥有了无数的父母，那些受恩于他父亲的人们都待他如亲儿子。

只是，他再叫爸爸的时候，没有一个“爸爸”长得跟过去的爸爸一模一样。

天气好的时候，李孝子喜欢去悦耳湖不远处的瀑布底下拉小提琴，他最常拉的是《梁祝》：

梁祝化蝶且双飞，彼岸花开叶不知。

偶尔也会一通乱拉，来一首变了风格的贝多芬第八号小提琴曲《田园交响曲》。

高山上大大小小的上千条瀑布，从峡湾峭壁上飞驰而下，或叮咚，或轰鸣，成了最完美的自然交响乐基底音，再配上李孝子还算鬼才的弦乐，堪称大家之作，国际水准舞台都不一定欣赏的到这得天独厚的创作。

下过雨后的瀑布最为气势恢宏，在阳光的照射下，还会出现美丽的彩虹，犹如一匹长长的白绸缎，飘挂在高山林海当中。

都说瀑布下站着能忘记烦心事，可是李孝子是没有烦心事的。他最多在山巅上、小桥旁、溪水边、瀑布下、雪地里、峡谷中，大声乱吼：“我爸爸不是英雄，是贝多芬。”

今天，李孝子交了那把破了的小提琴，那是他的父亲生前给他买过的最贵的一把小提琴。

六楼的福尔摩斯用嘴巴叼来了主人神童温温的一双拖鞋。

福尔摩斯是一只品种为马尔济斯的一岁大的小狗，它刚刚才学会定点上厕所。

福尔摩斯不是一只普通的狗，否则也不会被送到这个人杰地灵的地方，它是一只帮主人拿过很多大奖的特级犬。

一个月的时候，它就帮 3 岁大的温温冒充成人组拿了个摄影冠军；

两个月的时候，它就能从一楼一跃跳到七楼楼顶；

三个月的时候，它亲了亲一位垂死的老人，老人居然奇迹般地活过来了。

四个月的时候，它的主人温温离开了这里，一家人迁移去英国，给它留了一双自己的小拖鞋，并委托我照顾他的爱犬，福尔摩斯朝天空一叫，呼唤了满天的烟花为主人温温送行，自己却躲在角落默默地掉眼泪。

福尔摩斯还有特异功能，但凡被它舌头舔过的人，身体都会带有它的体味。福尔摩斯的体味不是极具辨识度的狗味，它的体味是淡淡的橙花香，初闻起来像雨后的牵牛花的清香味。

据说，身上染了“狗味”后，就会得到庇护，弹跳力也比一般人强，所以很多运动员都慕名预约来悦耳湖寻求福尔摩斯的青睐，好取得下一阶段赛季的胜利。

光靠这一项业务，悦耳湖畔的居民都够一年的吃喝拉撒了。

福尔摩斯什么都好，就是怎么也学不会定点上厕所，按理说，这不应该，她可是一只不一般的神狗啊。

幸亏福尔摩斯是条神狗，即便是它随处拉屎拉尿，也有的是人乐意跟在屁股后面捡屎擦尿。

所谓人人供奉，自然是无忧无虑，日子赛神仙。

但如果福尔摩斯哪天失灵了，没有特异功能，成了一只普通的狗，也就不知道会落得个什么下场了，就他这平平无奇的长相，狗生恐怕是好不到哪里去呢。毕竟，发自内心疼它的，只有它的主人温温啊！

今天，福尔摩斯交出了主人温温的拖鞋，这是主人留在它身边最后的味道。

七楼的项太太给的是一封项先生写的书信。

项先生从小在韩国长大，当年追项太太的时候，还不会中文。或许是爱吃烤肉，浑身肉乎乎的，一张原本英俊的瓜子脸，硬生生被吃撑成了一张东北二人转的喜庆大饼脸。

项先生出身优越，父母都是达官贵人，从小品学兼优，聪明过人，气宇轩昂，年纪轻轻就在外交部担任要职。

项太太也算是出生在书香门第，父亲是建筑师，妈妈是大学教授。从小就出落得彬彬有礼，落落大方。

项先生和项太太算是相亲认识的，结束完饭桌的场面客套话，项先生终于有机会跟项太太单独走一段路。项太太随意说了一句晚饭没吃饱，这毛头小伙子一下子乱了方寸，径直把人家一打扮的大家闺秀的小姑娘领到了新疆羊肉串的小吃摊前，一下给要了五十根羊肉串，一人 25 根。结果呀，他俩就一边吃羊肉串，一边喝着啤酒走到了项太太家楼下。临走的时候，两人还抱怨说，应该再来一扎啤酒，才过瘾。

回去项先生就一五一十地把他俩单独相处这段说给了老父亲和老母亲听，父母皱起了眉头，心想这门婚事准黄了。

你说，还真是就这么巧，项太太当年随爸爸去新疆支援，16岁才回得上海，想念的还就是这股新疆羊肉串的味儿。

项先生这钢铁直男算是歪打正着，捡着了一大美人媳妇儿。

可不巧的是，第二天，项先生就收到了外派去新西兰的通知，对于仕途来说，这绝对是个难得的好机会，但项先生的心，此刻哪里在飞黄腾达上面啊，早就恨不得和项太太黏成一团，热乎着呢。

那天晚上，项先生带项太太去吃高级一点的日本炉端烧烤肉，吃着吃着不小心说漏了嘴，外派这事项太太也就知道了，项太太肉也不高兴吃了，拿起杏色毛呢外套就准备走。

项先生急了，一把拉住项太太，乐呵呵地说："樱子今天怎么这么好看。"

又慌忙补上一句："我还没走呢，新西兰有什么好的啊，我不去的。"

项太太眼泪刷的一下流出来了："谁说新西兰不好的，我表姨嫁在那边，空气可好了，你得去。"

项先生忙接住说："好好好，我听说新西兰的牛肉最好吃。"

出发去新西兰之前，项先生给项太太熬夜手写了一封信，字不多，但用的全是中文。

亲爱的樱子，

离非我愿

拥你入怀是我愿

浮生圆满

我盼成痴亦成夫

樱你随我

牛肉定去帮你寻

早日归来

爱你的野兽之王

项太太这些年，就一直留着这封信，虽然后来项先生又陆陆续续写过很多信，但只有这一封信是跟随项太太这么多年的，大概只因一句：樱你随我。

项先生去了新西兰后，牛肉没吃到，倒是掉了不少的肉，一年回来后，项太太简直不敢相认，人一瘦，效果真的是比整容还厉害。

在韩国待二十几年，没长成韩国欧巴，去新西兰一年，这身型，简直是男团组合的C位担当。

原来新西兰的肉太贵了，项先生一直想着攒钱带项太太大吃一顿，所以这一年把肉都戒掉了，再加上新西兰地广人稀，天天训练跑步强身健体，还赶上了几场魔鬼训练，算是脱胎换骨了。

“我就说嘛，你瘦了肯定比谁都帅。”项太太不由自主地夸赞起来。

项太太这一年也是下了狠心，为了项先生回来的时候，能够呈现最完美的状态，坚持轻断食，瑜伽课也没缺过。

这一次的久别重逢，他俩站一起，比过去更加般配了，像是偶像剧里面走出来的男女主角一样。

你看，爱情还是会让人变好的。

他俩一见面，手拉着手，从机场开始就有说不完的话，小打小闹四处都是欢声笑语。

第二天就欢欢喜喜把双方父母聚在一起，把结婚的事情给定下来了。

一切都是这般顺利，没有一丁点阻碍，人造地设的一对，大概说的就是他俩这样子的。

项先生只在上海待十天，就在双方父母的操持下，干了几件大事，领了结婚证，办了喜酒，还毫无征兆地种下了爱情的种子。

回新西兰的时候，那一个不舍啊，白白净净的一大高个，硬是在机场抱着媳妇儿悄悄掉眼泪。

谁承想，项太太原本是个没有父母的孤儿，现在的养父母从孤儿院把她抱回家的时候，她甚至没有一件新衣服，皮肤干巴巴的，眼睛和嘴巴都粘在一块，只是小眼神闪着温和的光，不哭也不闹，大概因着这般好的性情，养父养母一眼就相中了这个孩子吧。养父养母给了她富足的大家小姐的生活，给了她无尽的爱和温暖以及陪伴，等到嫁人到时候，又遇到了一个待他如此好的丈夫。

要知道，她原本可能是那个别人家多生的没人想要的女儿。但项太太就靠着这婴儿时就有的温柔力量，硬是逆风翻盘。

婴儿大概在出生那一刻，就知道自己这一生的命运了吧，也在努力为自己找一个好人家。

只不过长大后，有些人就没了这股温柔劲儿，越活越强硬了，也就四处碰壁了。

今天，项太太交了这封情书，这是项先生写给她的第一封情书，字不多，但全是真心。

第三章　意外的孩子

高达的身高是个谜，虽说他父母也比较高，但也都是正常水平，哪曾想生出个巨人娃娃。6岁就长到一米6。父母见他身高在同龄人中“鹤立鸡群”，从小就爱玩，有活力，怎么跑、怎么跳都不累，体能绝对属于出类拔萃，手臂也是长于一般的同龄人，而且不太容易受伤，六岁生日刚满就当机立断送他去体校打网球。

几年训练下来，高达身高，体型、力量、速度、协调、耐心、专注、灵敏度、脾气、团队合作都表现优秀，高达的父母整天乐呵呵的，他们做梦也没想到这小子能有这天赋，说不定高家还能培养出一位国家运动员，光宗耀祖呢。

高达小时候就很能吃苦，每天四点三刻放学以后直奔训练场，一场训练三个多小时不停歇，每天回家都九点了。

高达小的时候是个黑皮泥猴，身上一截黑一截白的，个子也是一年年疯长。

从特长生到国家队队员，最后通过自己的努力获得了国家二级运动员的称号，一路走来可以说是顺风顺水，后来还成功申请到了体育全额奖学金去到“感恩国”培养世界冠军的体育大学就读。

高达的叔叔在唐人街开中餐馆连锁店，只做麻婆豆腐、龙抄手、白斩鸡、宫保鸡丁四道菜。他在“感恩国”市中心拥有6家连锁中餐厅，公司有40

名员工，和唐人街的其他餐馆不一样，他们的利润相当可观。

高达的叔叔最开始的时候只是租借了一个小的档口做龙抄手，生意兴荣，在赚了第一桶金之后，就开始了扩张。他随后便开始搞中式快餐，生意好的时候，门店开到了 18 家，中文媒体报导称其为海外成功餐饮企业家，风光无限。

高达虽然拿到了全额奖学金，但“感恩国”留学的开销并不低，高达的父母一辈子都是老实本分的工薪阶层，东凑西凑才把儿子勉勉强强送到“感恩国”。高达在“感恩国”训练之余，会到叔叔的餐馆里打零工，补贴点生活费。

从唐人街坐地铁回公寓，高达住的公寓在瓦尔克族聚居的地区，几乎全都是瓦尔克族人。瓦尔克族人身材矮小精神混乱，因此也遭到了其他地区的严重歧视，各方面被严重打压，所以更容易扎堆生活。

刚来“感恩国”的时候，高达就被一位瓦尔克族司机宰了，车开到半路要加过路费，下车后还要一半的小费，否则行李箱不打开，还满嘴骂人的脏话。人生地不熟，加上英语不好，也不知道怎么维权，只好忍气吞声，任人宰割。

暑假在餐厅打工，高达为了方便就在“感恩国”外郊区一家瓦尔克族青年公寓落脚。住下来的第一晚，刚走到楼下，3 个瓦尔克族人就冲出来叫高达站住，硬生生被抢了 200 美元，手机也被无情砸掉。第二次又遇瓦尔克族人抢劫，准备逃跑的时候还差点被车撞了。第三次高达就变乖了，还没等他们出手，就把身上的现金全额送上。在这里住了两个月，被抢劫了 3 次，损失了一共大概 700 多美元，暑假工也白打了。

在“感恩国”外郊区这段日子，高达第一次看到“感恩国”生活的另一面。

这里的邻居，充斥着尼古丁、酒精、大麻、毒品、色情、无奈、挣扎和罪恶等阴暗的东西。每一天每一夜，都有人来寻找一个容身之地，面孔在变化，很多人因疾病、入狱等各种问题而离开。一个陌生民族的面孔，在这块区域是不被待见的。若不是有着运动员高大的身型，恐怕早就没有容身之处了。

高达想着打完暑假工回学校还得在学校附近找一份零工或者去做私人教练，这种地方真的一刻也不想待，多待一天都感觉不知道会不会客死他乡。

今天餐厅的生意非常好，一位华人女客人给了高达一笔不菲的小费，今天下班也比平日早。

十几度的风很舒服地吹在身上，街角的绿植抽了新芽，傍晚金黄的太阳从枝丫间钻进高达的眼缝，带着刺眼的暖，“感恩国”外郊区学生模样的瓦尔克族情侣们手挽着手穿梭在其间，难得的惬意感。

这怕是高达这三个月来最放松的一天。

回到宿舍，洗了个很烫的热水澡，洗去一天的疲惫，换上宽松的运动裤衩，天色还早，高达准备再出门散个步，顺便把头发吹干。

一开门的时候，发现有个女孩在门口坐着，姑娘见高达开门了，立马站起来。

“你还记得我吗？”女孩问到。

高达定眼看了一下，正是今天在餐馆给他小费的华人女客人。

“我可以进屋坐坐吗？”女孩楚楚可怜又略带俏皮地望着高达。

一进屋，女孩一把抱住了高达，高达惊得不知所措。

“晚上我可以睡你这里吗？”女孩仰着头看着高达，抱得更紧了。

高达惊得浑身直冒冷汗，从小在体校，跟女孩子接触非常少，这样被一个女孩子紧紧抱住还是头一回。

女孩从下面掀开了高达松垮的白色 T 恤，一头钻进高达的胸膛，脸贴上去像猫一样蹭来蹭去。

高达被这突如其来的温柔击得不知所措，脑中一片空白，呼吸变得急促，双手僵在那一动也不动。

直到女孩的手隔着高达的运动裤衩碰到他的宝贝的时候，高达猛的清醒过来，挣脱开了。

高达去公寓管理处重新要了一间房，一晚上没有睡着，翻来覆去，辗转难眠。刚刚明明听到砰砰心跳加速的声音，也不知道自己为什么要挣脱，大概一切来得太突然，还没有一点点准备。

第二天晚上，女孩又来敲门了。

这次，高达仔细观察了一下女孩，高高瘦瘦，丹凤眼，厚嘴唇，眉心处有一颗大痣。

在浴室洗完澡，女孩换了睡衣，棉质睡裙下勾勒出少女诱人的身材，细细的腰线，雪白细滑的皮肤，水蒸气萦绕的粉嫩嘴唇，泛红的脸颊，细长的手臂，眼神也分外迷人，人间尤物也不过如此吧！

这一回，高达没有再逃避，是时候做个男人了，这种快乐简直要了人的命。

高达回学校后，女孩每周都会到学校来陪他。

他们每次见面都会拥抱，然后直奔主题，仿佛心照不宣。

这样的日子维持了大概一年，他们看起来像一对恩爱的小情侣。

高达拿到了几家公司的 offer（入职通知），准备在这个春天娶女孩为妻。可是还没来得及买求婚戒指，女孩在一个早晨，留下一对耳环，就再也没有回来过。

来的时候没有打一声招呼，走的时候也不打一声招呼。

某一天，高达去唐人街办事，在小巷深处，看到女孩牵着一个小孩，一位中年男人拿着她的包。

原来这女孩早有家室。

这种痛，短暂又强烈，感觉心像被捅了一刀。

好一片白茫茫，女人的爱情真洒脱，来无影去无踪。

这是高达的第一个女人，也是高达第一个想要娶的女人。千算万算也没算到，只不过是一场错误，自己还一无所知。

欣蔓是高达后来遇到的第二个女人，当然，这些都是新竹不知道的。

高达被欣蔓迷住是在异地出差的一个晚上。他记得当时满天星云，欣蔓一袭红裙在眼前，他被她轻盈得掂起脚踩在沙子里的美妙声音而神魂颠倒，被她裙摆的窸窸窣窣弄得心砰砰乱跳，因她那飘逸的发辫、轻盈的手臂和金子般的笑声而爱得发狂。

她与众不同，她是个万人迷，可高达并不知道，她永远不会是自己的，她和无数只会随便玩玩，把自己榨干，然后离开男人而去的女人没有什么两样。

高达把他所有的积蓄，给她买了房子，开了艺术馆和舞蹈室。欣蔓做每件事情都只有三分热度，每个事业都是风风火火的开场，然后静悄悄地没了声音。

在欣蔓再一次像个小猫一样跟他撒娇，自己想要开一个甜品店需要投资一百万的时候，高达的父亲被检查出肺癌，需要一大笔钱做手术，他第一次拒绝了她。

欣蔓随后就头也不回地走了。她的高跟鞋和大波浪卷配着扭动的细腰，那一瞬间的气势，确实让人相信下一秒就会有下一个男人心甘情愿为她倾其所有。

高达一恍惚，这个女人在自己身边只有半年时间，而他已经倾家荡产，连父亲做手术的钱都拿不出来。

经历了这两段感情，高达已经不再相信女人了。为了赚快钱，他与一帮兄弟合伙做了牛肉的生意，借着贸易的红利期，游走于生死黑白之间，一门心思扑到了生意上。直到有一天他遇到了新竹。

新竹是个记者，正在写一期关于进口牛肉的专题，托朋友的关系认识了高达，想跟他详细了解一些专业知识。

高达清楚地知道自己还没有走出情伤，欣蔓之后，他的心已经破烂不堪了，对靠近自己的漂亮女人除了玩玩，再无真心。

那些挖空心思的漂亮女人，在高达认为只不过是，谁有钱谁就是主，水性杨花留不住。

她们想要一个包或一件首饰，男人想要一个晚上的温柔，你情我愿，早上醒来后，大家各奔东西，互不相欠。

新竹跟这些女人都不一样。

她自带神秘气息，又时而灵动、天真，像纯情的少女。有时，知性、优雅，淑女气息扑鼻。

她真的很美，从清醇到蚀骨。

可惜新竹也只在高达身边待了一年就离开了，理由是她要去远方追求自己的梦想。

男人永远搞不懂女人，就像女人也搞不懂男人一样。

万万没想到的是，两年后，新竹没有回来，但给高达送来了一个孩子。

孩子是新竹玩极限挑战遇难前托人送来的。孩子用一个软布包包着，打开一看是个婴儿。包婴儿的布很干净，婴儿的小脚还露在布外。大大的眼睛，黝黑的皮肤。孩子也不哭，高达不知道孩子为什么不哭，也可能太孤独了，惊吓过度。这孩子一动不动，不像别的孩子一般换个地方，都要撒泼得翻江倒海了。

这孩子也许知道自己生下来就没了父母，他知道哭和闹无济于事，他不哭不闹，他知道哭闹会让人反感。他认真地扮着乖巧，让别人知道他是一个省心的孩子，从而希望有人把他当亲生儿子，带到温暖的卧室，换掉软布包，住进温暖的婴儿摇篮里。

高达没有多想，就急匆匆接过孩子，把这孩子放进被窝里。至于这个孩子的亲生父亲是谁，他已经没有心思去猜想了。

是个混血男孩儿，左脚有残疾，又瘦又小。高达可怜这个孩子，决定留下来自己抚养，并将这一天作为孩子的生日。给孩子起名叫“点点”。

大概是跟这孩子有缘，点点怯生生的样子，高达感觉像极了被抛弃的自己。

他和在“感恩国”唯一的亲戚叔叔一家都说好了，抱回家就是自己亲生的，让大家谁也不要问。

点点来的也确实是时候，高达刚有了个不错的工作，进了一个高级网球俱乐部做教练，牛肉生意也做得有模有样，收入不菲，在经济上独立抚养一个孩子绰绰有余。

一辈子都是靠父母，靠亲戚朋友支助生活，现在也可以有能力帮助和保护一个孩子，高达莫名地很开心。

还没有结婚，就能在“感恩国”拥有一个小孩是多么不容易，一定是老天给你一个机会积福。

可能做善事真的会有福报，家里有了这么一个孩子，高达和叔叔一家的生活也发生了翻天覆地的变化。叔叔的连锁餐饮店因为解决了后端供应链店标准化，华人投资餐饮市场大热，中式快餐一下子扩张到了外部地区三百多家，摇身一变，成了名符其实的企业家了，身家过亿了。

点点除了左脚右翻，需要拄着拐杖才能行走外，其他和正常孩子没有两样。他聪明伶俐，很讨一家人喜爱。

体弱多病的点点幼年时一直爬行，5岁才学会拄着双拐走路，走路时要用左脚脚面着地，脚被磨得血糊糊的，脚上流血化脓的伤口从来没有痊愈过。10岁那年，高达给儿子做了截肢手术并安上了义肢。

由于行走不便，高达每天要起早训练，叔叔就肩负起每日接送点点的任务。

高达将儿子的照片贴在自己办公室的大门上。每次经过他的门前，都会看到点点的笑脸。他将所有关于美好的形容词都用来修饰点点。拿着儿子为自己制作的父亲卡，他的幸福溢于言表。点点偎依在高达怀里，显得那么的和谐，好像他们本来就应该是一对父子。血缘在这种温暖的关爱之下显得是那么的微不足道。

全家人都希望点点这孩子多读一些书，能有一个美好的未来。

高达搬到悦耳湖畔是为了疗养，准备下一阶段赛季。点点这孩子嘴巴甜，自然熟，七层楼的叔叔阿姨、哥哥姐姐都成了点点的亲人。

点点的花式夸人让七层楼的亲人笑得合不拢嘴。

到七楼项太太家蹭饭时：谢谢大阿姨，大阿姨做的菜太美味了！

坐三楼思琴的顺丰车去幼儿园时：谢谢大美女送我去幼儿园让我不迟到！

我给他洗头擦掉眼睛进的泡泡时：谢谢南南阿姨，你就像个小英雄拯救了我！

二楼的子木教授给他讲丹麦童话故事时：谢谢叔叔，叔叔家的童话王国真美妙！

李孝子看他吃薯条，提醒他不要碰到番茄酱时：谢谢大帅哥关心我！

高达出门时：爸爸今天要加油哦！

这么小就懂得文案的精髓。

这孩子，果然是过来报恩的。

高达有时候还是会想起，新竹如果知道这孩子现在这样活泼健康，会不会不舍得离开这个世界。

高达这个高高壮壮的男人，可能依然没什么能耐，没能给身边的人大富大贵的生活，但是，他永远是那个少年时代就愿意挡在前面的男人。

而现在，他已经在不知不觉中成长为了一位坚强有力量的父亲。

这一切多么值得被记录。

第四章　误入歧途

悦耳湖畔的冬夜零下 20 几度，空气中弥漫着闪闪冰晶，抬头就能望见闪闪发光的东西，一条条光柱直冲云霄，环绕成千上万颗孤傲的星星，星光纯粹，冷静而沉默，给人近乎永恒的安全感。

三楼的思琴喜欢在冬夜坐在窗前看星空。

悦耳湖畔的腹水草姿态柔美，骨架细长，这水草的身段，像极了 16 岁时的思琴。

思琴 16 岁时长得很干净，雪白雪白，皮肤很好。精致的初恋脸，总是一副温柔无害，漂漂亮亮的样子。

思琴每天放学后会去打一会儿羽毛球，她最爱穿的是一套绿色运动装，扎着高高的马尾，精神状态饱满、面色红润，发球姿势专业又有力道，接球动作也非常敏捷，球风很猛，一般女生接不住，跟她打对手的都是高年级学长。即便这样，她控场能力依然很厉害，整个人看起来活力四射且游刃有余。

思琴有几位铁打的男粉丝，他们通常左手提着滑板右手拿着棒棒糖嚼在嘴里，准时到羽毛球场蹲点，假装路过思琴，吹口哨来引起注意，然后表演单手开可乐。他们会在风大的时候用手护住自己的刘海，踩着摩托车争着要送思琴回家，最后意外暴露脚踝上的袜子是海绵宝宝图案，各自傻笑。

思琴从不拒绝也从不承诺他们当中的任何一个人，只是留下礼貌的笑容。

他们当中没有一个人最终抱得美人归，不过却结下了革命的友情。几位大男孩共同陪伴思琴度过了被追捧的青春岁月。

思琴从未想过高三这一年的节奏会变得如此忙碌。

每天早上6：30，高三专属铃声《我的未来不是梦》响起，10分钟的时间要洗漱完毕穿戴整洁赶到操场宣誓，中午从下课铃声开始到赶到食堂，排好队打好饭吃好饭洗好碗，再返回教室座位，时间总共只有15分钟，晚饭的时间也只有15分钟，晚上从下晚自习到寝室关灯睡觉的时间也只有15分钟，完全军事化管理，连走路都没正常走过，你看路上永远是在小跑的高三生。

这样坚持了两个月，思琴右脸一连长了4颗痘，没时间吃饭常常有一顿没一顿，体重暴减。就这样她每次还会迟到，每天被班主任点名批评和罚站。在左脸又发出新的一颗痘痘的下午，思琴终于还是没有熬住，她去办理了休学手术。

像是解脱了，离开校园，她在心理默念：跑过万水千山，也跑不过高三不是人过的日子。

思琴去了一个私人的小画室教小朋友画画，又很快谈了一个富二代男朋友衣食无忧，生活自然是悠哉乐哉，更加不思进取了。

几位大男孩的女神走了，连同他们的梦也走了，悲痛欲绝的同时，一下子开了窍，发奋图强，最后一个个都考进了名校。

金榜题名之时，几位大男孩相约一起去画室看望思琴，买了一大袋思琴爱吃的草莓、巧克力，带了玫瑰花，还一起集资买了一块阿玛尼的手表。

思琴见到他们的时候，笑得合不拢嘴，想来自己一个逃兵成就了几位祖国的精英。

只是他们这大学一上，飞北京的、上海的、香港的，一个个怕是今后都难见到了。

思琴为他们送行的那个中午，阳光温暖。思琴的男朋友请几位小朋友吃了大餐，给每个人包了一千块的大红包。

他们和思琴的男朋友虽只见这一次面，但却有一种“英雄所见略同”的亲切感。

他们虽然清楚地知道跟思琴，再没可能变成知己再有交集，但他们依然信誓旦旦地说着天南海北翻山越岭都会回来看她。

好一派和谐的送别场景，彼此轻松舒服，无需笑颜灿烂，无需眼角含泪。没有藕断丝连的煎熬，更没有跌宕起伏的思绪，绮纨之年里的温情，大概在多年后依然能成为往后的挥手寒暄，年少时的梦也罢，曾经难以言说的情愫，全都在此刻释然。

他们几个在人海中各向渺茫，真的各奔东西，如鸟兽散，疯了一般。

那些过往，如同老屋，慢慢只有门前的那棵树守着自己变老。

人啊，有众星捧月，也有曲终人散。

两年后，男朋友被别的小妖精拐跑了，思琴开了自己的画室，专门教成人业余时间画油画。

画室开了两年就倒闭了，第二个男朋友也出轨了。

算命的说思琴命里缺水，适合去有水的城市发展，才会人财两旺。

思琴听罢，打包行李就去深圳投奔舅舅了。

舅舅的公司在粤海街道，舅舅跟思琴说，这一片都是上市公司风水宝地，能激发人的梦想和奋斗，旁边不远处是深大，静谧而常年绿意盎然，能让人沉下心来脚踏实地。

舅舅的办公室在顶级写字楼里的20层，刚好是中间。舅舅说，今年的目标是明年公司搬到顶层，在云上之巅。

思琴突然间感觉过去的五六年，自己活在温室里，眼前的这个世界真是充满了希望和诱惑。

舅舅的一个朋友见思琴人长得漂亮，艺术气质比较好，手里正好有个艺术品投资的项目，准备培养思琴往这个领域发展。

对名画思琴还是有专业知识积累的，但对金融投资，那真的是一窍不通。

第一步是要包装自己，老板帮思琴弄了个名校金融专业的假文凭，打印了厚厚的一本业务专用术语，让思琴回家花两周的时间闭关把它一字不漏地背下来。最后再到老佛爷商城添置一套顶配装扮。你别说，这样一包装带出去搞业务，还真是一去一个准。

不到一年的功夫，思琴讲起艺术品收藏、油画市场的优势及短板头头是道，她手里的客户都夸她专业。

思琴来深圳后，接触的人多了，眼光也变高了，所交往的每一任男朋友质量也上去了。不过她再也不像之前在老家那个小城市跟着一个男人就是两三年，最后人家一句不合适就把自己打发走了。基本上三个月一接触，跟这个男人，能向前还是没前途，就能有个精准判断。

思琴的胆子也比过去大很多。

公司接到一位大客户的单子，这位客户在菲律宾度假，需要金融顾问飞过去谈判。平日里花枝招展，酒桌上游刃有余，见招拆招的女同事没一个自告奋勇，毕竟出国的单子风险大，人生地不熟的，不熟悉客户的脾气性格，语言还不通，不知道会不会任人摆布。思琴一句话没说，到家里简单打包了一点行李就上路了。

一下飞机就被几个小鬼缠上了，所谓的强行乞讨就是整包抢劫，钱包和双肩包都没有了，幸亏护照包和手机藏在腰包上。

在机场换了当地的卡，但是依然连不上信号，预定的酒店的大巴车也没有准时到。

真的是叫天天不灵了。

远处瞅到一群学生模样的华人，马上像遇到救星一样。巧的是，居然预订的是同一个酒店，思琴就这样搭上了顺风车成功到酒店入住了。

抵达酒店已经半夜，精疲力竭完全睡不着，跑到楼下附近的便利店想买点吃的，一群小混混样子的大高个在附近蹲点呢，刚想撞胆走过去，不远处的一辆小汽车被游行的队伍丢了一个炸弹，思琴吓得腿都软了，天哪，这是什么地方，治安竟然这么乱。

酒店只预订了一晚，现在身上只剩下可怜的 100 美金现金，得抵达客户所在的度假酒店，搞定今晚的落脚点，还得搞定回去的机票，家人也不知道自己出来，断然是不敢给家里人打求救电话。

可能思琴骨子里就留着临危不惧的血液，她心里盘算着，只要能顺利见到客户，把这个单子签了，总归是有办法回去的。

思琴回去查了一下地图，距离客户的地点 10 公里距离，穿运动鞋走路，到了再换高跟鞋，大概需要 3 小时。带好地图，6 点赶路，提前一小时到达目的地，找个地方补妆收拾一下自己。

十点钟，思琴如计划般顺利跟客户碰了头，客人只给了 15 分钟的时间，思琴一路上已经把要阐述的内容背得滚瓜烂熟，自然是在短短几分钟的时间就把项目投资回报说得一清二楚，客人问了两个问题，也轻松应对下来。临走前，客人请思琴在餐厅享用早茶，自己有事先离开了。

事情办完了，思琴整个人放松下来，饿得已经前胸贴后背了，大概那天没有谁能够猜到，这位一身名牌，有模有样的中国妙龄美女，即将流落街头。

一开始，思琴想的是，菲律宾这边是不是也有夜市，把带的这个只用过几次的名牌包包卖了，或许能够买一张回去的机票，今晚就直接去机场过夜。

可惜问了一圈，好像确实没有那么容易能够出手。

眼看着夜色越来越黑，思琴走了几条街都没有想出一个赚钱的法子。

为了缓一缓焦虑的情绪，她决定先把手头的100美金到ATM机上兑换一下，没想到跟着导航走到了一条静谧的路，尽头显然是一个高档酒吧，灯红酒绿，男男女女出出入入，门口停的都是豪车。

思琴也不知道哪来的勇气，到公共洗手间把外套脱了扔在厕所，裙子撕掉到刚刚遮住屁股的长度，V领再往下调，涂上红唇，喷上随身香水，婀娜多姿又风情万种地慢慢往酒吧径直走去。

大不了被强奸，我得回去。有了这个想法，思琴打满了鸡血。

刚一坐下，果然就钓到了一个老男人。

思琴满脑子想的是搞到回去机票的钱，老男人的咸猪手往她手上乱摸的时候，她也没有拒绝。她甚至顾不上调情，靠近男人的耳朵说："帮我买一张菲律宾飞广州的机票，我跟你走。"

这个陌生的老男人真的就帮她定了一张机票，随后还一起搂着思琴的腰喝了几杯。男人打电话让司机过来，思琴被先送到了旁边的酒店，到了酒店估计也是逃不掉了，思琴故作镇定地洗了一个澡，这一天走了这么久的路，感觉自己都臭了。

刚洗完澡躺床上，老男人醉醺醺地进来了，一把往思琴身上蹭，隔着内衣摸了两下就笑嘻嘻地昏睡过去了。

思琴长叹了一口气，这样被一个老男人碰，还真是第一次。

虽然已经做好了心理建设，但看到这一身又老又臭的横肉的时候，她还是差点恶心反胃。

对于照顾喝醉酒的男人这件事，思琴还是有经验的。既然拿了人钱财，就当是自己的恩人了。思琴帮老男人用热毛巾擦了擦脸，帮他把满是酒味的上衣脱掉换上睡衣，用温水喂了一块随身携带的护肝片，帮他盖好被子，在床边坐了两个小时观察，见老男人已经进入梦乡打起呼噜，思琴蹑手蹑脚地摸黑换好衣服，拿了老男人的外套遮住短裙，灰溜溜地离开了酒店。

行李也不敢回去拿了，剩下最后一点力气和最后一点现金赶紧想办法往机场跑。哪知道才到酒店大堂处，酒店服务人员彬彬有礼地迎过来，说是里奥哈先生给安排好了送机。

办理好登机，坐在飞机靠窗的位置上那一刻，思琴忍不住想要嚎啕大哭一场，这一路的惊险，一时半会还没有缓过来。

思琴双手合十，拜了拜过世的爷爷奶奶，想来一定是他们在保佑自己。

没过几天，菲律宾客户的合同也过来了，这一趟漂亮的战果，立马树立了思琴在组里一姐的地位，大家对她都顶礼膜拜，由衷佩服。

算命的说，思琴鼻子不够挺有点破财，左右脸不均匀藏着大灾。思琴一回来急着赶紧去做了隆鼻和削骨手术，自打菲律宾这一趟，感觉是死过一回了，胆子自然是越来越大。

鼻子挺起来，脸也越来越小，没两个月，又觉得这 B 罩杯的胸和有些赘肉的腰配不起这高级的脸，遂又做了隆胸和抽脂。

总之，脱胎换骨了，这下算命的都说是人间富贵花，大吉大利的命了。

女人们一眼看穿心照不宣，只佩服她连着挨十几刀的勇气；男人们看不出啥，只觉得她又变漂亮了。

克里先生是思琴整容后接的第一个大客户，一位有家室的马来西亚中年富商。

克里很豪爽，思琴专程拜访了两次，他就把一千万的合同签了，还不吝啬给思琴介绍身边的大客户，各种金钱攻势下把思琴哄得乐开了花。

思琴通过克里的人脉关系搭上了资本圈的众多大佬，跟着克里短短几个月就大赚特赚，手上可操盘的资金越来越多。

克里身边有一群喜欢收藏字画的朋友，深谙其中的收藏门道，有几位还是靠收藏发家致富的。自古以来，字画收藏一直受到从朝堂到民间，从帝王将相、富商巨贾到文人雅士的青睐追捧，好的作品才得以传世，不断地增值，同时也让后人一饱眼福，公有的成为传世国宝，私有的成为传家之宝，克里的圈子有这样的藏友也不足为奇。

思琴陪克里参加饭局，热情地给对面的老板们倒上了酒。

他的生意伙伴不禁夸思琴不仅人美身材好还贤惠，上等美女相陪不仅有“雅兴”，还有“雅趣”。

思琴笑嘻嘻地望向克里，本以为他也会在生意场夸夸自己，谁知他也只是微笑点点头。

过了一会儿克里伸手拿纸巾向思琴凑了过来，“别对他们那么热情，也不要笑得那么可爱。”暧昧的话语突然落在思琴的耳边。

这时思琴倏得脸红，得亏饭桌上热气腾腾的云雾将红晕遮掩了起来。克里表面云淡风轻，心里却早已风起云涌，这层窗户纸，大概马上要捅破了。

当晚克里就径直带思琴到了他在南山购置的独栋别墅，他们度过了缠绵悱恻的一晚。

第二天一大早，克里急着出门，走前吩咐佣人说：“以后思琴就是这里的老板了，你们拿一套钥匙给她。”

像做梦一样，思琴过上了见不得光的养尊处优的阔太太的生活。昨天她还住在城中村的小公寓，破旧的街区，空气里风干的狗屎的味道。而今天醒来，她已经在富人区，空气里都是青草和阳光的味道。

这块别墅区是远近闻名的私家别墅区，大家见面也都心照不宣。大腹便便的老男人旁边跟着一个年轻貌美玻尿酸堆成的蛇精脸，都是一群想走捷径发家致富的女人。

看上去跟着克里，确实咸鱼翻身，过上了光鲜亮丽的生活，接触的人和圈子也都跟过去完全不一样。

住着南山最贵的别墅，开着帕拉梅拉，出入都是高档会所，打交道的太太们都是非富即贵的人。

思琴感叹，这些富太太们举手投足看起来是这般优雅，从未在她们身上看到过半点愁容。

这大概就是，物质和精神都丰富，才会呈现出最好的状态，优雅从来都是物质和精神共同作用下的产物。

富了好几代，真正意义上的有钱人，她们的贵气、底气和安全感是走捷径或暴富永远都赶不上的。思琴能感受到自己比过去富足了很多，但却是比以往任何时候都意识到钱的重要性，可又没有能力或是运气迅速积累，自卑的情绪常常会产生，这种微妙的状态都表现在脸上，藏都藏不住。财富的积累绝不是靠一代人，一个人的聪明，是几代人的智慧和勤劳，即便老天爷眷顾，让你做了一回暴发户，但暴发的永远是虚的、土的，来得快也去得快，慢慢靠实力垒的，一代一代积攒下来的，才是扎实的，是任何人都推不倒的。那是真正的贵气，从内而外散发出来的自信，实打实的安全感。

当然，这些有钱人也都是很现实的，三两句就能知道彼此的财力和人脉实力，接下来思考的就是“怎么套住你的钱”。他们能和你相处都是待价而沽的，你要么地位或金钱高于对方，要么就是学识上更渊博，他们更注重利害关系，不喜欢无用的社交。

富人打交道的场合最没用的是衣服，够不够档次，这些明眼人一眼看穿。即便从头到脚都像上了保险，像装饰翻糖蛋糕一样打扮自己，充其量就是个大佬的小女朋友，小女朋友是没有尊严的，小女朋友只是拿来装饰的。金主愿意带你出入这些场合的，就是对小女朋友的厚爱。

即便是克里这样在全球都有产业的富人，为了接触更高端、更优质的社交圈层，也会花几十万年费做会员。

老男人的钱没那么容易骗，商人都是很精明的，他们做的每一个决定，花的每一分钱都会看投资回报，看你的付出。

过去的两年，除了每月两万块的零花钱，几乎没有多余给过一分钱。日常家里的开销都要清清楚楚记账才能报销，家里甚至添置一个吸尘器都要向他请示。也给思琴买过几个贵重的奢侈品，但都是得看他今天的心情或是出入的场合是不是必需品。

就是这样抠门，拔不到毛，但他的实力你又每天看得清清楚楚。

克里常挂在嘴边的一句话就是：“要看你的表现。”

思琴这几年什么也没学会，学会的大概就是为了眼下的物质生活低三下四地讨好。

她清楚地知道自己要小心翼翼满足克里的情绪价值，才能收获自己要的物质价值。

虽然住在富人区，但思琴清楚地知道自己，靠自己的能力，买不起一砖一瓦。

当你整天浸泡在眼花缭乱的东西里，更是会害怕失去眼前拥有的这一切。

思琴也想过利用现在的资金和认识的人脉做点事业，以便哪天克里像丢一只狗一样丢掉自己的时候，能有一丝底气。

克里耐不住思琴的软磨硬泡，支持她开服装店、开美容院、开中医馆，可惜思琴大概没有做生意的天赋，每一个都血本无归。

折腾了几年，思琴也没劲了，总之，思琴知道自己这辈子，可能就被困住了。

灵魂来到尘世的这一趟行程总是要经历磨难，或是缺物质，或是缺爱，而能够引导你不陷于其中，始终保持清醒的，大概只有教育。

思琴有生以来，第一次为熬不过高三那年的苦而后悔，自己也曾是个有天赋和远大前程，还长相出色的少女，哪知今天走上了这一条路。

物质充裕的目标是达到了，投资血本无归也无需负债累累，克里都会帮自己解决掉这些麻烦。但精神世界的安全感是没有的，永远无法摆脱原生阶层的束缚，这种误入歧途得来的财富，决定了自己未来生活的天花板。

思琴的母亲倒是觉得这条路走得一点没错，思琴从小虽然生活在普通家庭，但也是富养长大，从小就很懒惰，也很任性，她认为女儿靠自己绝对过不上今天的衣食无忧的生活。

母亲早年在一个经济酒店管理客房部上班，就跟思琴说过一番话："男人啊，信不过的。男人，都花心！"

思琴被洗脑后也认了命，看来眼前自己也只有这个活儿能干好，只当在克里这上个班，打卡例行公事陪解忧陪生活，拿个工资，过一天算一天。

一位母亲错误的价值观，就这样潜移默化到了女儿身上，这也预示着苦难的开端。

第五章　一场骗局

二楼的子木，在来悦耳湖畔前在上海的一所高校当教授，后来申请去了非洲支教。

这个非洲的小国家叫“嬉笑国”，整个“嬉笑国”的国土面积和中国的内蒙古自治区差不多，但因为那里交通不发达，城市和城市之间的运输主要靠大巴，出个门基本要几个小时，大部分时间都会花费在路上。

柏油马路并不常见，路面还是以黄土地为主，还有一些地方是红土地，坑坑洼洼，坐在车上晃得很。

街上的空气潮湿又热，弥漫着一股追着另一股的酸臭味。

这里的天气不是浮尘就是雾霾，每周都会停水停电一两天，可怕的是教室的屋顶漏水，一下雨，地上的泥一层又一层堆积起来，孩子们却忙着从家里拿水桶来接雨。很多人家里没有水管，水都是下雨接来的水，子木住的房子也有两个大桶，装的是平时用来洗澡和冲厕所的水。

教室很破旧，没有窗户，每个人的脸感觉也都是灰蒙蒙的，再干净的衣服一出了门都会在时间的发酵中被加上一层黄黄的蒙板。

教室里没有一把好椅子好桌子，排排坐简直都是奢望。很多椅子只有三条腿，孩子就抱着课桌这样上课。有的学生上着课，课桌突然倒下，座椅也跟着一起散架。

一到晚上，很多简易的摊位会亮着小灯做售卖，穿着民族服饰的男人在扯着嗓子热情叫卖，

孩子就负责递东西，女人则在家准备男人回来的晚饭。当地的男人还是很吃苦耐劳的，男人为了让孩子好好读书，会同时打很多份工，但是因为教育水平不高，只能从事一些低收入的苦力活，到了晚上还要出来摆摊，卖一些手工艺品给稀稀疏疏的游客。

子木在这里每天最期待的事情，大概就是等旁边的特种部队军事学校学生出来训练，学生每天清晨大步走列队。一个个穿着军装，笔挺笔挺的，高大魁梧，大概全非洲最帅的男人都在这里了吧。

最难度过的是晚上，非洲的夜晚一点也不浪漫。没有大象的脚步，也没有犀牛的鼾声，更没有狮子荣耀的奔腾声。

在这块土地，似乎很难感受到它的温度，虽然满处都是天真无邪地笑着的小孩，但子木感到更多的是担忧，这儿的教育和基本设施如果不跟上，想要改变恐怕还有漫长的路要走，自己的力量太微薄了，自己的青春在这里的价值好像并不是那么大。

子木常常徘徊在冰冷的夜里，辗转难眠的时候，就起来敲打键盘，让手指保持跳动，扫掉一些忧伤的旋律，但这各色尘土，估计一时半会还无法澄净。

这里的村长常常挂在嘴边的话，就是："不可操之过急，主有安排。"

乡村振兴的第一步，子木认为，是需要一位有学识有干劲的村长，先带着这些村长去世界各地好的地方看看，把他们的眼界提高了，这村子才有救。

可大家分明都笑嘻嘻地过完了这一生。

难过的，反倒是这些外面过来的客人。他们总觉得这里永远孕育着现实灾难和人文灾难的种子，经济不发达而遮掩的东西总会历史重演，有意无意

地自我蒙骗最终只会让悲伤一发不可收拾，感叹他们很难走出泥泞。

真是万般皆是命，半点不由人。

村长拍拍子木的肩膀："小伙子，你还没有成家吧？ 398 号有一位跳舞非常厉害的黑珍珠。"

子木一瞬间回到了人间，是啊，生活不就是这点乐趣么？太远大的理想够不着，也使不上劲。

子木没有去找黑珍珠，而是挨家挨户去找女孩子来上公益课程。子木在全球网络上发布了"母婴营养师计划"，发动全球的营养师参与到这项公益活动，培养当地的女孩子成为专业的营养师，学完这个五年的系统课程后，可以直接派送给全球的母婴互联网平台。

子木向我发出了邀请函，希望我可以策划一场品牌和厨师的公益活动，让这个项目可持续落地到非洲不同的城市，所以有了后来的"微笑厨师"项目，我们联动最大的冰箱品牌，给孩子很多食物，并定期在网上教他们烹饪课程。

非洲的一个 18 岁小孩，作为烹饪参赛选手来到上海的时候，他第一次看到迪士尼的烟花，流下了激动的眼泪，他朝西方跪下，拜了拜祖先，虔诚而充满力量。相信他会把看到的这个缤纷的世界带回家，带给村落里的所有人。

子木觉得自己真正活了一次，他干了一件非常有意义的事情。

至于子木为什么来悦耳湖生活，大概是为了研究这里的生物吧。

第六章　痛失挚友

今天是项太太的生日，我开车去葡萄酒庄园买酒。清晨的安大略湖一片静谧，太阳还没有正式华丽亮相，霞光却早已不甘寂寞地倾泻了万道金光在湖面上。这湖面一望无边，就像大海一样，却唯独没有大海的闹腾，不会有海啸，不会有涨潮，也不会有咸湿的空气，只留一层一层的碧波闪闪。天鹅妈妈们带着宝宝们出来遛弯儿的架势和早晨妈妈推着婴儿车溜娃不相上下。娃儿们睡眼惺忪，妈妈们早已经鸡血满满，急不可待地跟娃儿们述说着这理想国的美好。水面在天鹅妈妈们身后波澜不惊地开出一朵又一朵扇型的花朵，陪伴它们的还有不远处的白帆点点，湖边成群的叫不出名字的海鸟，抬头可见的蓝天，以及无处不在的绿地。

这抹不去的欢愉的清晨啊，这是大自然的馈赠啊，美得像一幅画，真舍不得闭眼，也舍不得离开。

大自然在无形中给了我们满满的元气，让我更热爱这生活，更舍不得荒废这生活。

买完酒往回走已经是傍晚，开车穿过一片森林，满是雾的紫色森林，不知是人为的光景还是自然的奇观，不远处的晚霞竟然也是粉红色的，森林的空地上有一群人打着灯在画画，天上也没有星星，也不知道他们在画什么，开近了才发现，他们在画这粉色的晚霞。有的画的是一丝串一丝的粉，有的画的是一大片一大片的粉色，还有些画的是粉色中夹杂着暗淡的灰色。我感觉进了仙境，遂把车停到路边。

穿过森林，在一处高竿植物群落隐蔽的地方，竟然藏着一只刚生产完的麋鹿。麋鹿妈妈体长大概 180—190 厘米，尾巴 60 厘米左右，四肢粗壮，脚蹄宽大，眼睛小小的带着些许疲惫，但眼里的光彩丝毫未减。她浑身肉呼呼的，行走时伴着响亮的磕碰声。一只身体湿漉漉的麋鹿宝宝紧跟着妈妈，十分可爱。

画画的人们在认真地打灯画画；

小孩儿在吃着五颜六色的冰激凌；

少年在滑着火箭般的滑板；

老人在悠悠地漫步；

真是各人有各人的喜，无人惊麋鹿。

彼此都有自由，彼此都有空间，彼此都坦荡，这是一片自由的土地，全由自己的爱好做主。

美似乎无法被定义，和谐也无法被定义，大自然和人类就这样不声不响地创造了和谐之美。

我把一只小麋鹿抱到怀里，小麋鹿一点也没有怕我，乖乖地缩成一团，两只小眼睛好奇地看着我，像是看一个外星人。不一会儿的功夫，小家伙就在我怀里睡着了，还打着小呼噜呢。

我轻轻地把它放回去，真想就这样看着，不离开。

第二天我又忍不住过来看望小家伙了，它妈妈大概出去觅食喝水了，吃饱喝足后再回来喂小宝宝。小家伙就一动不动趴在草丛中，想摸摸它但又怕惊扰到它，我放下一点水和粮食就离开了。

这样坚持一周每天来看它，它仿佛已经认识我了，上串下跳的那活泼劲儿，让我误以为它就是我的淘气小儿子。小家伙的眼睛也长大了，黑亮黑亮的，两只小耳朵也立起来了，小嘴巴撅着，像是在撒娇，又像是饿了。这森林早上有露水，湿气特别重，真想给她穿上一件厚厚的小棉袄，或者给它生一团火，这样它或许就不会冻着了吧。

到第二周，小家伙就会奔跑了。它是多爱这森林啊，沿着湖边跑了一圈又一圈，累了歇息一会儿，又继续奔跑。

第三周，我再去看它的时候，麋鹿妈妈和小家伙就不在了。我估摸着应该是回到自己的族群里去了。麋鹿会选择远方隐蔽的地方生养，等孩子学会奔跑，它们就会回去，因为那有家和家人在等着它们。

我突然间痛失了一位玩伴、挚友，心里空空的不是滋味。

我还记得它刚出生的样子，混身黏糊在一起，一双小眼睛却精神得很。它窝在我怀里的温度现在还留存着呢，不到两周的时间它就走了，一声招呼都没有打就走了。

我知道这小家伙属于大自然，它只有在大自然中才能发挥自己的天性，施展自己的才华，它对这个世界如此热爱，如此好奇，它妈妈带它去更快乐的地方去了，我会祝福它。

我在它的窝边种了六棵杏树，用玫瑰来点缀四周，来年就能收获一片灿烂与芳香，让这些树和花为我的小家伙积福。等到夏天到来的时候，每一颗果子都会努力生长吸取阳光，它们想结一个甜果就生一个甜果，想结一个酸果就结一个酸果，没有一个人会逼它，也没有一个人能逼得了它，这是它的生活，全凭它做主。我只管施肥浇水，照顾好它就行。

我的小麋鹿，我会在梦里见到你。

第七章　都走了

福尔摩斯忽然间就长高了，已经是一条大狗了。

夏天的城堡，外墙缠绕的花花草草也到了发情期，突然肆意疯长，让我们一夜之间有了姹紫嫣红的城堡。这些花花草草如此团结，即便淋浴着风雨，也丝毫不会掉下来半片花瓣。

李孝子的音乐节奏，最近有点千奇百怪，听着冷峻不羁，但也荡漾着与生俱来的迷之自信。整座城堡、整个湖泊、整片森林都在夏天变成了音乐厅。

李孝子突发奇想，说要办一场午夜音乐会，逼着福尔摩斯给自己伴舞。

李孝子那鬼哭狼嚎的嗓音配上出神入化的小提琴声，让人觉得，这位少年还没成名，主要是因为缺少一个音乐厅。

福尔摩斯的舞蹈给邻居们带来非常大的惊喜，嫦娥奔月这个舞蹈简直可以拿世界冠军，飞抄钻洞，飞抄上天，连环跳火球，头顶绣球样样精通，赢得阵阵喝彩。

可惜美中不足的是，李孝子居然没有给福尔摩斯准备一套像样的演出服，否则还能增加一个完美的观众握手环节。

音乐会结束后的第二天，福尔摩斯就开始闹情绪，不吃东西了。

看来，音乐会把福尔摩斯掏干了。

一周后，福尔摩斯奄奄一息了。

所有人都不敢相信，这一天，会发生在福尔摩斯身上，它可是一只神狗。

我跑过去看它的时候，福尔摩斯微微张开浑浊的眼睛，努力想站起来却怎么也站不稳，四肢无力，舌头卷不起来了，毛发也变白了，听力、视力、嗅觉似乎也都丧失了，肉肉掉光了只剩皮包骨头，好是狼狈。

我把它抱到怀里，它就乖乖地把脑袋搭在我的腿上，我对着它吹会儿暖气，它的脚轻轻地动。它也不再往我手里蹭了，也再没有露出肚皮让我摸摸，更不可能在我怀里跳起来舔我的脸了。我一下子就哭了，他才只有几岁大啊，几天前还是那个傻乎乎使出全身的劲让大家快乐的神狗呢。

我越哭越厉害，你说你为什么要做一只憨憨又衷心的狗狗呢。

为什么不做那只在主人裤腿边蹭来蹭去的猫，爱抚的是自己，而不是主人，可全天下的主人都误以为它需要他们，离不开他们。

你为什么偏偏要做一只独来独往的神狗，为什么要做英雄，英雄多苦啊，一辈子都在为别人而活。

福尔摩斯在周四的清晨走了，那天早上兰花开了，所有的人都哭了。

人们哭的一部分原因是福尔摩斯的离开，更大一部分哭的缘由是自己不再有神狗保佑，丢的是希望吧。

这希望要是没了，这往后的日子可要怎么过呀?

我们为福尔摩斯举办了葬礼，葬礼由思琴操持。

每一个人都穿白衣戴白花颂葬歌，含泪和福尔摩斯吻别，并拍下最后一张与神狗的合影，祈祷着神狗的神气能留下来。

李孝子整个人懵了，六神无主，他内心第一次有了自责感。

李孝子奏着悲伤的哀乐，周围的200只大大小小的狗狗都跑来为福尔摩斯送行了。

福尔摩斯早已经是我们四海八荒的家人。

第八章　最后的粮食

自从福尔摩斯走后，我的身体像安了个定时器，每天 5 点就会准时醒来。

气温越来越低，怕冷的我早早地穿上了厚实的棉衣外套，一路晨跑到悦耳湖边，泥土的气息扑面而来，狠狠地猛吸几口新鲜空气。

叫不出名字的无鳞鱼，山间动物，马儿安静地在觅食，胆小的黄鼠狼一会儿躲起来一会儿探出头，大尾巴松鼠在跳舞，各种珍稀植物还没停止生长，伴随着各种有节奏的丝丝叫声。清晨的时光一切都是那么舒服，身与心在一大早上就已经达到微醺的欢愉，我情不自禁想跟着它们手舞足蹈。

这些都是创造未来乐坛的自然音乐大将啊。

10 月份也是异常狂欢的一个月，因为年度最盛大的美食节 Tasty 会在月末如期举行。

来自四十个国家的米其林名厨和皇家名厨都不约而同聚集到这边。

这一次，他们没有带任何家乡的食材，而是就地取材，悦耳湖一带自然成了他们寻觅美味的重要打卡地。

这个季节的青梗菜格外爽口和自然，秋菇也开始风韵十足，蛋白和纤维含量达到最高点。

和网球差不多大的香橙，做酸奶和海鲜料理自然是再好不过。红玉苹果的酸度在这个季节也是满分，做苹果派最完美。各种海鲜在这个季节绝对是极品，肉质肥美。柿子是天然的醒酒药，加入酸奶做餐后甜品更是心意满满。

还有各种精选的进口食物，德国黑啤和 pretzel 碱水面包，重口味酸菜大肘子和酸菜大香肠，辣鱼汤和海鲜大拼盘，法国可丽饼，比利时大薯条，“感恩国”各州的特色产品，从威士忌到果汁，从风味调味料到健康肉类产品，琳琅满目，应接不暇。

“感恩国”光是龙虾就有五十多种做法，除了基础的原味，我最爱的是经典的蒜蓉和西式的芝士口味，一定要趁热吃，用叉子插入龙虾尾部，可以一下子把龙虾肉剔出来，肥硕饱满的虾肉，带上一点点高温过油后的蒜蓉，入口 Q 弹，整个口腔都充满着蒜蓉的香与龙虾的鲜，这是大地与海洋的风味交织，令人回味无穷。

喜爱扇贝的小伙伴们一定要尝尝这个季节“感恩国”的扇贝，因为长自纯净的天然水域，所以个头特别大，贝肉如雪，口感极佳。炒制成热菜的扇贝肉质依旧紧实，一口下去，滑嫩多汁，再配上芦笋，双倍的鲜在舌尖蔓延，这种享受，恍如置身于天堂。

没有炸鸡的秋天不是秋天，炸鸡三明治的调味料堪称一绝，融合了“感恩国”南部，以及埃塞俄比亚风味——使用了红辣椒粉、卡宴辣椒粉、红糖、胡椒粉、大蒜粉、洋葱粉，以及家族自制辣酱混合调味。鸡肉炸至金黄之后，会先放入辣椒油，再撒一层辣椒粉，最后裹上辣椒酱和橄榄油，放在蔬菜沙拉和面包上。最后悄悄在三明治中夹入一颗黄金酸汤球，酸辣的口味很好地融合厚重的辣，咬开时汁水爆溢，五味齐裂，给你一个猝不及防。

这场声势浩大的美食节获得了数不清的米其林星厨的青睐，他们一年一度必定会跋山涉水来到这高山之中，用双手和丰富的味蕾经验，借海洋的馈赠，分山之尤物，创造出一个个颠覆性的作品。

曼妙的食物在唇齿间充溢的温度，以及刻下的无数深情难忘的记忆片断，大概是每个人的心之所向和心之所归吧。

每年有约 12 万游客专程为了美食节蜂拥至悦耳湖畔，寻觅这山海之间的极品美味。

兴许是这几日的大吃大喝把我的味蕾打开，同时也打开了我的第三大脑。

第三天美食节闭幕的时候，我就在琢磨一件事儿。

如果用各个国家的食材，中西结合的烹饪方法，再结合中国四大名著《红楼梦》，来做一次全新的美食文化交流，通过一场美食节，顺便就把全世界的好食材都推广到了中国，这应该会是一件很棒的事情。

就规模而言，《红楼梦》中有大宴、小宴、盛宴；就时间而言，则有午宴、晚宴、夜宴；就内容而言，则有生日宴、寿宴、省亲宴、家宴、接风宴、诗宴、灯谜宴、合欢宴、梅花宴、海棠宴、螃蟹宴；就节令而言，则有中秋宴、端阳宴、元宵宴；就设宴地方而言，则又有太虚幻境宴、大观园宴、大厅宴、小厅宴、怡红院夜宴等等，这里面可以创作的内容就很多了。

通过这样一个主题美食节，将中华美食文化传统、审美意识、文化蕴含，对餐厅、餐具、音乐、服饰、菜点、茶饮等项进行综合设计融入到细节策划中。

眼下非常有利的优势是，红楼菜以其美味、丰盛、精致见长，给人以高层次饮食文化艺术的享受，早就名扬海内外，用户教育已经不需要再多费口舌。

毕业这些年，我就一直在盘算着创业的事情，突然间觉得机会来了。

我把我的想法跟"感恩国"当地美食节 Tasty 主办方谈了谈，没想到他非常支持我的想法，他希望我拿出一个针对中国市场可落地的方案，再考虑跟我签约，主办方将全力配合我将这个享誉全球的盛大美食节引入到中国。

正所谓朝思暮想，必有回响。管他是一时冲动还是上帝把我带到了正确的地方呢，干了再说。

要创业，得有资金，我盘了盘手里的资金，工作这些年，跨国公司的国际贸易采购经理也算是个油水活，还算有些积蓄，但要搞一个饮食文化传播公司还是远远不够的。

这时候我选修商科时期上课学到的东西派上了用场，我花一下午的时间写了个完美的 BP 商业计划书，讲了一个非常好的商业故事，发到了商业项目投资人的群里。

第二天，我几乎被各种电话和微信轰炸，看来我还是一个对社会有价值且独具商业眼光的人，我暗自窃喜。

我分析了一下做这个项目的一个完美模型，我擅长海外商贸和策划，我的团队里面，还需要一位懂得中国市场的人，其次还得有一位懂互联网运作的人，初期创业阶段三个人的队伍，至少这三个面覆盖，那我大概就有点底气了。

在这之前听过无数次“心想事成”，但真正的相信心想事成估计就在这一次。

张文，曾在最大的文化传播公司，负责皇家赛马项目中国巡演和拳击明星队的中国赛事落地工作，她正好刚离职，准备做自由职业者。

刘星星，曾创办多个互联网餐饮品牌，小米生态链企业多次获 D 轮融资 5 亿，他看了我这个项目，非常感兴趣，主要原因大概是他是扬州人，从小对红楼菜耳濡目染。

就这样三人初创团队在一周的时间就搭好了。

公司注册好后，签的第一个合同就是“感恩国”美食节主办方的授权书，直到授权书签好后，我都一直不敢相信我们居然这么轻松就做到了。

看来，这世界上真的有心想事成。

为了更好地做好“感恩国”Tasty在中国的落地工作，名厨演绎舞台设计，以及展览展示区的陈列与布展等视觉呈现，我们做了大量准备工作。主办方带我们三个合伙人分别去了马尼拉、马德里、东京三个分站考察学习，经过三个地方的实地考察，我们再次增强了信心，相信我们能够把“感恩国”Tasty带到中国，并进行本土美食文化的诠释，用美食文化作为纽带，延展到食材商贸之间的合作，带动区域的经济发展。

12月份，我回了一趟上海，拜见了淮扬菜大师徐老，恳请他担任红楼菜文化输出的东道主大会主席。

不知是我的真诚打动了徐老，还是他眼里看到了新的东西，他那天非常喜悦。第二天，他就拉了一个群，八大菜系的老师傅们都聚齐了。

徐老说，如果是要做一次国际交流，还是在这个国际性的美食文化舞台上，只大肆宣传淮扬菜不够大气，“感恩国”Tasty办在马德里的时候，他有幸受邀出席过一次盛会，感受到国际上对中餐存在非常大的偏见，还停留在麻婆豆腐和宫保鸡丁的记忆，认为中餐馆就是脏乱差。能有机会欢迎四方来客，做一次东道主，用全新的舞台方式去演绎，去重新定义中餐，这是一件非常有意义的事情，一定要把中国的八大菜系文化精髓凑齐，才算漂亮。

我们做了一个初期的项目收支预算表，前期投入大致要300万，招商任务是200万。

张文的赞助招商方案刚刚写好的时候，拿给徐老过目。

徐老给我俩泡了一壶茶，说：“你们还是在国外待久了，不懂得中国市场行情啊。你们这样，让设计师给我们几位老家伙拍一组海报，我们再各写一段寄语，你再让‘感恩国’的主办方这边要几个米其林名厨的授权，九宫图，我们朋友圈一转，这事就成了。”

顿了顿，徐老微着眼，衣袖一卷：“这就叫，要谋事，先圈人，圈意见领袖。”

果然姜还是老的辣，我们照着徐老指示的去做，一周时间，招商全部招满了，有了这些海内外美食文化大佬的加持，张文还意外为项目申请到了 60 万的文创补贴经费。

钱的事情就这么轻松地解决了，眼下面临的压力就是如何呈现这场震撼的国际美食文化交流。

“感恩国”Tasty 在其他各个国家举办的时候，名厨演绎环节有一个重要流程，在演绎之前，会播放一段厨师个人的美食短片，短片的内容大致是菜品的灵感、哲学，以及对食材的理解。这种片子如果主角是一位艺术家或者明星，可以说没有一点难度，但在中国，厨师都在闷头烧菜，确实是有满肚子的美食文化内涵和积累，但是，他们吐不出来。

一开始，我们对这八位大师背景和故事还不是特别熟悉，为了保证这个重要环节的出品质量，我们决定拍视频这事儿不能单纯找个供应商外包，必须要亲历亲为。我们跟八位大师喝茶聊天，一个脚本一个脚本对内容，一个字一个字抠细节，有些人物的性格是静，你就不能大刀阔斧地讲述动，但如何在这静的主基调中，捕捉一丝的灵动与时尚的味儿，这就需要在色彩搭配和光线上下足功夫，甚至表情引导也是一个大难题。总之，这绝对是一件需要耐心专研的事情。

八个片子，整整拍了两个月，光一个菜，我们来来回来至少拍五遍，吃了一堆菜人没长胖，片子拍完后我倒是活脱脱把自己逼成了一枚业余导演兼编剧。

刘星星不愧是互联网出身的人，他对金钱和市场热度特别敏感，我们这个小公司能活下来，还能有后面的发展，他绝对是灵魂人物。

在我和张文跟片的两个月，刘星星做了三件事情。

首先，他找代工厂做了一款峰会联名款“星厨辣酱”，这瓶辣酱从诞生那一刻就自带光环和流量，众筹平台一上线，一天时间售空。

然后，他和一个美食预订平台合作，一天时间全城三百家高级餐厅，在同一时间上线峰会联名款“星厨菜单”。

最后，他开了个天猫旗舰店，专门卖峰会的门票和“星厨辣酱”。

终于到了万众瞩目的 Tasty（美味）中国的大日子，我们在上海外滩非常完美地举办了这场美食峰会。

米其林当时还没来中国，我们算是让国宴名厨和米其林名厨有了真正意义上的第一次交流。

活动当天，我整个人紧绷到不行，滴水不沾，一整天保持着元气满满，生怕出一点差错，也生怕怠慢每一个支持我们的人。

美食峰会活动区域一共是三层楼：一楼是展览展示和厨艺比赛区；二楼是名厨大舞台；三楼是江景自助品鉴宴。两天时间来了一万多名购票入场的观众，人气非常旺。

峰会两天也有一些小插曲，比如我们在活动前期送了一些赠票，品鉴走廊只在规定时间有餐品配送，但入场券上面提醒的字比较小，有些拿了赠品的老人拿着票过来，没吃到东西，就一通抱怨，场面十分混乱。我被指着鼻子骂：“你们这搞的什么活动，过来吃的都被吃光了，没有吃的了，我们要投诉。”

我只好安抚他们去酒店的自助餐厅再吃一顿，吃好后还给他们两盒鱼子酱礼盒，他们才面露喜色离开。

还碰到一位粗心的海外媒体人，到了采访的时间，人不知道跑哪儿去了，中国名厨在采访室足足等了两个小时，才姗姗来迟，记者被美食迷住了，把采访时间记错了。到了采访室，记者急着道歉，自尊心强的中国名厨还是有了误解，认为老外媒体瞧不起中国人，怎么公关都没有用，一气之下拒绝了采访，离开之前只丢了句：今天就是纽约时报要采访我，我都不干了。翻译为了避免尴尬只好说了一句：He has another arrangement, maybe we need check the interview reservation next time（主厨有事情要离开了，采访可能需要后面再约）。

这事儿，只能总结一句：没想到。

刘星星知道这事儿后，有点火大。请海外媒体过来报道这笔费用可不小，光是来回机票和差旅都不是一个小数字，这家海外媒体还指定只专访这一位中国名厨，采访大纲我们整整对了两个月，版面和档期也都花大价钱买好了。

不过，谁还没个脾气呢，如果换做明星，娱记就可以写了，某某明星要大牌，可他要是个厨师，这新闻就没人看了，自然也不值得一提了，海外记者就全当公费中国旅游一趟。

送走大大小小的嘉宾，这一年的峰会才算真正结束。

国外的厨师拿的都是艺术家的签证，他们的举止处处流露出贵族的气息，Mario 在白宫做御厨，还是花样滑雪特级运动员，威士忌重度爱好者，身材堪称完美，他在中国收获了一批粉丝。

Vito 是年轻的来自瓦伦西亚的米其林一星厨师，这是他第一次出远门，他活力满满，对中国的任何东西都充满了好奇，他在中国的临时经纪人兼翻译笑话他：“小地方来上海大城市见世面，刘姥姥进大观园。”

Vivian 据说是卢森堡国宝级名厨，出生在名厨世家，还是国家级芭蕾舞艺术家，她擅长烹饪素食料理。她有很强的合约意识，绝不会配合做合约以外的任何事情，但合约以内的事情，非常专业和严谨，她的食材都是空运带过来的，她的创意短片也看得出是特意为主题拍摄的，她舞台上的每一个措辞和表情都像是有剧本的，她也是唯一一位要求灯光师和导演以及舞美都在场的厨师。

Maco 是享誉加拿大的华人名厨，这位鼻子灵得很啊，一下飞机接驳车穿过一个小巷，他居然能闻到两条巷角远的梅菜肉包子店，执意要下车去探一探，过去后才发现确实是个老招牌店，5 点不到，队伍已经排得非常长了。

这精准的职业病，真是佩服。

在机场跟嘉宾一一告别后，我脱下高跟鞋，换了一双平底鞋，整个人轻松下来。

这会儿的我就像被抽掉力气一样，上一秒我还在打着鸡血跟每个人拥抱道别呢，这一秒我已经完全没有任何精神了。

果然这人活着，靠的就是一口气，这口气要没了，就啥也干不成了。

从我创业开始，每个月我父亲都要担心："你公司还撑得下去吧。"

他们不知道我还能有这运气，能把这件大事干成功，想都不敢想吧。

接下来的一周，就是各种媒体报道和转发应接不暇，后台的关注和活跃数据也在唰唰上涨。模型做出来太重要了，先跑起来比什么都重要，错了再调整，天天光在那儿想一点用都没有。创业就是，你一旦动起来，各种力量就都会慕名来帮助你。摸石头过河的核心是你要迈出去，迈出去就总能有办法。

有了用户基础，我们开始发力做自有品牌，星厨辣酱系列非常成功，有了这个成功的经验，我们又引进了日本的星厨冷冻炒饭和星厨冷冻蛋糕系列，专门供餐饮渠道。这个点也踩得非常准，并且我们在做一款产品前，都是从需求市场导向出发，拿到订单后，我们才开始去做产品，这就避免了很多商业风险。

事实证明把流量导入到做产品这条路非常正确，我们甚至一脚踩进了最大的餐饮集团供应商的采购系统，基本上一个订单就够我们公司吃一年了。

创业第三年的时候，我们跟日本的食品公司合资建立了自己的食品工厂，业务量和团队也在这年有了突飞猛进的增长。

工厂占地面积4500平方米，全自动的智能工厂，证件齐全，自有工厂后，对产品的掌控权就更踏实了。工厂里面一个个设备启动运转的时候，那真是一派生气勃勃，感觉滚动的不是食物，全是金子。

不过我们在跑顺的路上也碰到一些问题，比如进口的食品成本非常高，并且货期和账期很多不可控，比如意大利的一家奶酪供应商，他们要求提前一年付全款，等到要交货的时候，他们的包材还没到，只好再等半个月，拿到奶酪的时候，可以流通的时间就非常少了，这种事情已经是非常普遍的情况了。

创业第五年的时候，公司经历了一次长达一个月的区政府计调筛查整改。

公司在配合调查期间，不得不停工。背着很多订单，每天都在亏损。五天后，我们就不得不通知这个月的业绩和奖金归零了，全员只发基本工资。很多员工都说我们没有人性。严重依赖奖金的销售团队精英损失了70%，一夜之间我们的核心销售团队没有了，他们纷纷都提出了离职。

不过刘星星眼珠一转，他认为这说不定是天赐良机。

刘星星大刀阔斧，做了两件至今我们不得不佩服的事情。

第一件事情，刘星星做了公司成立以来的第一次大裁员。

2月3日上班，截至25日，公司一共支付了80万元裁员。裁掉了大概四十几个人。有些是刚转正的，赔付费用就比较低，但有些老员工比较高，裁员的目的是换血，借助这个机会，把长时间的闲人问题解决了。如果公司发展是好好的，突然要裁员，大家会有不安全感，但在全球经济不景气信号发出的时期，又碰上公司被抽查整改，大家都比较好理解。

在裁员这件事情上，刘星星一贯的快狠准风格发挥得淋漓尽致。

两天的时间把所有的员工都谈完，然后全部遣散，四十几位员工只有一位员工有异议。接下来的四个月，公司支付员工的薪水费用就直线降低，9月份开始，我们把之前裁掉的里面最好的一些员工，又请回来，加30%的薪水。然后再补进来大概一半的人员，但总薪酬预算不变，等于说两个人变成一个人，我们请了更好的人。这一举动，为我们明年营业额增长35%做人力铺垫。这些人进来后，也彻底换掉了几年的人力结构，满足了公司后面新的发展需要，人不一样，重点也不一样，能干的事情想象空间就更大了。

刘星星做的第二件事情是，带领团队向新零售品牌转型。

公司尝试把很多2B端的产品做到2C去，并且帮我们的客户做2C。因为我们很多客户是连锁休闲餐饮门店，这些店数量可能不是很多，但基本上，一个品牌可能都是一些餐饮老板大半辈子的成绩，他们需要立刻线上销售，否则只能眼睁睁地看着线下销售下跌。

30—45天之内做出来产品，要是放在平时，也不是那么难的事情，但这一系列新零售的产品，都必须在社会性大调查的特殊时期生产出来。所有的工厂都停工，大部分的工人都不上班，可想而知那时候面临多大压力和困难。我们想尽了各种办法，包括进口，因为当时海外形势还没有这么严峻，我们就从德国进口了一批新零售产品，比如茶包、西餐基底汤、基底料、冷冻面团和意大利面、冻干果干。

2 月 3 日复工，4 月 15 日全部新零售产品上线，让客户很快可以去销售自己的产品。这期间每天确实是在水深火热中，不过心中的信念只有一个，大家齐心协力，想办法带客户挺过难关，渡过去之后，客户可能变成一百个门店，相信他们也会记得我们的这个好。

新零售项目从那年的 4 月份上线，到 12 月份，营业额已经破千万了，客户就这样一包一包几块钱地卖，我们供产品的都已经破千万了，客户就一定赚到了钱。

我们在那一年也在很短的时间陆陆续续开出了三个工厂。前期各个环节的团队已经磨合得差不多了，有自己的可调配的生产线比较灵活，可以更好地服务客户。

我们帮客户把原料进过来，包装成你想要的样子，客户只需要把预算和需求告诉我们。

记得当时国内非常大的一家国有企业也开始转型做新零售，当时我们就拿下了他们一个大单，罐装南瓜汤。

这个实力雄厚的国有企业为什么找我们合作？

做罐装产品，罐身一个工厂，罐盖一个工厂，压制又是另一个工厂，这些工厂的起订量不同，交货期不同，印刷与机器不同，打印出来的颜色也不同，你怎么配对，怎么确保不同工厂都能按时对接，然后对上各自的存货。一张订单下来，盖子有罐子没有的情况下怎么办？混料要在一个实验室，一个研发型的单位做完之后再送到一个工厂去。一个实验室，三个工厂，混完之后要把这三样东西，料、盖子、罐子，一起再送去第四个工厂去罐装，所以做一瓶罐装南瓜汤，至少四个工厂，加一个实验室。

对于客人来说，这只是他店里的一个产品，如果要做一百个产品的时候，只要任何一个环节出任何一点差池，成本就会失控。

当时这家财大气粗的国有企业客户就给我们一个目标，两块钱一罐交货。至于你找了几个工厂，你怎么管理，中间发生什么问题，跟他们没关系。

而这恰恰是我们现在最擅长的，客户把目标成本，他的预算给我们后，我们的实验室就开始先做配方，内部配方做好后，我们的企划部开始做外观，外观做好后再跟客户去对，里面的东西你看满不满意，外面的设计材质，颜色满不满意，定型定味后，这个样本给到我们的供应链管理，我们的品控核查所有的配料表、能量表、标签的核法，以及营养成分校对。

45 天时间，我们交付了这家大客户的第一批订单产品。之后，我们的订单就真的爆开了。

我们这家创业型公司，总算是在面临一个多月的停工状态后，死里逃生熬过来了，还是得感谢刘星星的英明决策。

刘星星真的生来是干一番大事业的人，他在如何协同工作以及加速增长方面拥有卓越领导力和清晰的规划。对整个业务领域和商业模型的丰富经验，让他总是能够与我们的合作伙伴无缝合作，为我们的客户创新，并为我们的合伙人争取新的机遇。我们对公司未来几年的增长有了前所未有的信心。

第九章　还不完的债

刘星星在试水小型罐头汤厂成功后，步伐越迈越大。刘星星发现隔壁镇有一个同类的食品工厂倒闭，当机立断收购了这家工厂，扩大了生产。

收购只花了三天的时间，刘星星看重的关键点是，这家工厂同时拥有常温和冷冻食品生产的资质。我们开始大力进军冷冻食品领域。公司不断发展壮大，客户也越来越多，而且还把生意做到了外国。

刘星星主攻政府关系和大客户，张文主攻市场推广，我则把重心放在了抓生产的细节，保证质量。

这一年，我真正感觉到是在创业。工作占据了我几乎所有时间，每天工作 16 个小时，一年中 200 多天都奔波在生产一线，整天就一身工作服和安全帽，素面朝天，跟着工人反反复复盯那几个细节。有时候也会被气得火冒三丈，但大多数时候还是平静温和的。就这样简简单单，日复一日，突破一个个难题，每天高速运转。

刘星星的工作强度比我还可怕，他上班不是朝九晚五，而是朝七晚十一，从年初一上到年三十，几十年如一日，而且他完全没有什么追求享乐的念头，简直就是为了工作而生。他就不能停，一停下来他就打瞌睡。总之就得不停地干，手没动，脑子也在动，劳累命。

刘星星说得最多的一句话就是：“苦惯了。”

刘星星小时候都是有一顿没一顿的。后来做生意也吃过不少苦，钱都是自己一点一滴辛苦挣出来的，他享受的是数字的变化，但从没有闲暇去享受数字带来的生活质量的改变。

刘星星务实，不讲排场、不图虚名，不抽烟、不酗酒、不赌博，吃盒饭，穿优衣库，开大众，国色天香的刘太太跟着他这么多年依然住 70 平米老房子。

冷冻食品是一个非常小的领域，即使做到了第一，公司的规模也不算太大，除了扩大产能，没有其他增长空间。为了支持公司进一步发展，刘星星决定把公司弄上市，利用融资来发展新的事业。为了上市，刘星星只能不断收购工厂，扩大生产规模，这就给公司埋下了第一个雷。

刘星星去了趟农业大国荷兰，回来后就决定大搞现代农业。刘星星向我们和投资人展示着项目蓝图：农业机械现场作业、高标准农田建设和数字农业演示，无人驾驶春耕整地、无人机插秧、无人机直播等先进生产情况，投一粒种子，一年 365 天都有好果子吃。

除了引入荷兰无土栽培设备和技术，还会搭载一套智能检测系统，这套智能检测设备可以帮助种植户更加及时地了解气象信息，快速应对气象灾害；通过精准地监测土壤微量指标，指导梨园精准施肥、科学管理；利用虫情监测设备，助力园艺场联合农学专家，提高病虫害预防能力。

最终这套系统可以实现全程可视化溯源，将地标食材的种植过程、产地信息清晰而完整地展示给消费者，让终端市场找到可信、可靠的“真正地标食材”。最后，再搭建产销平台，为地标食材找到全国最优质的零售商和批发商，让地标食材通过电商，快速走出当地，进入内地市场。

看起来是一个高投入高收益的投资，但是农业毕竟不是我们擅长的领域，技术是否真正能够理想化落地和可实施还有一段漫长的路。我和张文还是希望公司不要盲目扩张，安心做好主业，几个工厂都还有很多需要完善的地方。前面几年公司都比较幸运，抓住了风口和机会。野蛮生长的这几年，其实内部管理是远远跟不上的，建立合理而完善的人才梯队和管理制度才是眼下的重中之重，否则企业根基不稳，经不起半点风吹草动。

刘星星的雷厉风行，哪容得我们几位合伙人的意见，这也埋下了第二个雷。

他本事大，半年的时间，公司的农业科技新项目在政府和投资人的帮助下确实落地了。拿了地，建了番茄工厂，铺了设备，请了技术，引进了种子和科研。

番茄栽培的环境如同高科技厂房，人员进出自动化杀毒消菌通道，7 米高的全透明大温室，采用无土栽培，用营养液提供植物所需的养分，再利用自动化设备调节室内温度和湿度，定期自动化整理植株，自动化轨道台车采收。一年可以有长达 8 个月的生产期，可循环滴灌系统，智能光照，每串番茄 8 粒，还能精准控制每粒大小。

刘星星绝对没有料到，因为这个仓促的决定，自己要付出巨大的代价，现代农业远非自己想象的那么简单。形容接下来公司的路，我觉得“九死一生”这个词最贴切。

现代农业投入成本高，导致终端的产品标价太高，一串番茄卖到了天价 128 元才刚刚够本，荷兰引进的种子，甜度偏低，果皮偏厚，果肉偏硬，不符合中国消费者的饮食习惯。故事讲得再好，科技含量再高，市场走不通，消费者不买账。

尽管刘星星每天工作十几个小时，多年积累的人脉资源全部扑到这个项目上，但这个坚强如铁的商业硬汉依旧无法改变现状，深感无力。

自古以来，中国就有“树大招风风撼树，人为名高名丧人”的名言，这句话并不是没有道理。干现代农业，整天这个采访那个会议，表面风风光光，说的都是未来几百个亿的市场估值。投资人给的钱也不是那么好拿的，农业不是互联网。投资人要求三个月就要出业绩，否则后面的投资款项就会迟迟不到账。资本市场看似诱惑大，但走错了一步，所有的万劫不复也只能企业自己扛，投资人在投这个项目的时候，实际上早就做好了收摊前的自保，你的生死他哪里会关心，没有造血能力的项目，就只有死路一条。

我们有 5 家投资方，我们自认为我们的资本盘子非常好，我们没有想到，5 家投资方 4 家出了问题，你不能想象，一家即将上市的公司会倒，资金链彻底断了。

为了填补窟窿，刘星星只能不停借旧还新，雪球越滚越大。

从决定干现代农业开始，一年时间不到，公司账面已经负数，几年的积累全搭进去了。不出意外，最多扛一个月。 公司资金断链，员工纷纷离职，数十个供应商上门讨债。被逼债的日子，公司上上下下看上去早已失去往日的尊严和希望，真正的一地鸡毛。

“我无力控制，有半年时间都是噩梦，半夜常常哭醒。”这是刘星星在举步维艰时说出的话。

这期间，刘星星还因检查出肠道癌动了两次手术。

后面一年公司彻底宣告破产，我们都欠了一屁股债。

我更痛心的是，英雄陨落。

刘星星，一个曾经风光无限的企业家，41 岁的老男人，竟然要出来找工作，投出去 30 多份简历，连个面试的机会都得不到。

社会都是以成败论英雄的啊。

刘星星身上唯一流淌的失败基因，大概就是“盲目扩张”。

而我身上流淌的失败基因太多了，若不是跟着刘星星干，这些年也住不上市区的房子。

这几年我也算是脱胎换骨，见过世面了。眼见起高楼，眼见宴宾客，眼见楼塌了。财富来得快，去得自然也快。此刻公司的惨状，对我来说，打击倒没有那么大。

我把市区的房子卖了，还了一些债，换了个郊区的小房子，全当从头开始了。

自从分道扬镳，见刘星星的次数也少了，担心他心理压力大，吃不消，约着跟他太太见一面了解近况。看着刘太太精致大方、容光焕发的样子，感触很深，谁能想到这是帮丈夫还债四处借钱，变卖家产，无家可归的女人呢?

刘太太眉飞色舞地跟我们分享着一些日常琐事和新的机会点，看来对刘星星事业上不得志，刘太太看得挺开。

“这些年跟着他起起落落习惯了，大不了就回到一贫如洗的时候，我们挤在小小的出租屋，反正我们也没有孩子跟着受苦。”刘太太这般轻描淡写，一瞬间让我忘记了她平日里可是养尊处优的阔太太。

刘太太有这样的底气，原来是早就盘算好了，几年前刘太太买了一块地，这块地现在很值钱，把这块地卖了，东拼西凑，大约能还掉一半供应商拖欠的货款，剩下的慢慢还，至少用不着每天提心吊胆地被人堵门讨债。欠的钱，后面再慢慢还，刘星星总归能东山再起的。

刘星星身上就是有一股气，这股气让所有人相信他可以穿过风雨，这股气也让所有人愿意陪他去折腾。

但我认为，刘星星最大的福气还是有一位不慌不忙充满智慧的好太太。

家里家外，不管发生了什么，在她耐心与细心呵护下，身边的家人脸上都挂满了笑容，从进门就可感受到她的精神抖擞。

你瞧，她家那盆十几年没管的君子兰又破土而出，开出了新花。

只要你够努力,在哪儿都能靠自己开出花啊。而我们最不缺的就是努力，所以我们还怕什么呢。

一个月后，听说刘星星去了新疆，搞电商去了，说是要把新疆库尔勒香梨卖到全世界。我们相信他能在那一片不毛之地开垦出一番大事业。

第十章　大熊的夜袭

我们再把思绪拉回到那栋七层楼的城堡。其实城堡受灾的那天晚上不只有大火，在大火来临前还有一只潜伏的大熊。

这只大熊听闻悦耳湖畔是人间天堂，过来的人都幸福快乐了，不远千里跋涉来寻找这幸福。

它先是在屋顶窥探了一下七层楼的每个房间，房间里真是太热闹了，全是外面看不到的真面目。

七楼平时恩爱的项太太和项先生正在相互殴打，项太太披头散发，项先生脖颈处有多道指甲刮伤的痕迹，喝多了的项先生一头倒在沙发上，项太太气呼呼地踹了他一脚，自顾自关灯进房间睡觉了，任凭项先生一副狼狈。

岁月真的是个神奇的东西，它让再恩爱的夫妻，也会打架也会想掐死对方。

六楼没有人，温温和他的神狗福尔摩斯都走了。但他们的房间显然已经被霸占了，堆满了其他人家的杂物。家里的大门也不知道被谁撬开的，大家把他们的家当成了私有财产，多了一个大仓库间，今天放一点，明天放一点，很快就堆满了大大小小的纸箱子，纸箱子上都标记着不同的名字。人走茶凉，没人有千里眼，索性就资源共享。谁都不要问，问就是不懂规矩了。

五楼李孝子创作了一首新的曲子，开心得像个小孩，一遍一遍不厌其烦地调整，他的手指肚常年都是紫色的，不过这并不妨碍他的热爱。不过这会儿他正在怒火冲天，怒的是自己如何调试都调不对一个音，一气之下又砸掉了一把新的小提琴，砸完还不解气，又拿椅子在上面剁了两下，直到整个琴身死尸一样平躺了，才解气。

四楼的张南，也就是我，那个时候，正趴坐在地上，抱头痛哭，我刚刚接完一个来自中国的催款电话。催款方放了狠话，下周再还不上钱，就堵到我爸家里去。我也不知道自己怎么就沾上了高利贷，一开始只是好奇尝鲜，镜头一扫就能拿到真金白银还没有利息，于是借了二次创业资金，后面还做了几个失败的小投资，这个窟窿越来越大，前前后后十几个高利贷公司欠了200多万，一开始还能拆东墙补西墙，后来征信差到互联网上已经借不到钱了，只好去线下的借款中心，任由别人调出自己满是高利贷的征信，还是空手而归。眼看月初还款的日子马上到了，迎接自己的只有连环夺命催债电话，然后打爆你的通讯录，你身边所有的家人和朋友就都知道了你出现经济困难，你在所有熟人面前颜面尽失。心理压力大的时候，甚至会产生轻生的念头，不知道该如何去面对众人的议论纷纷和见面的尴尬。

欠债的人是没有尊严的，真的会让你无路可走，走在路上都会担心是不是被上门讨债的盯上，一有人敲门都会假想成催债的。到点还不上钱，那就只有任人宰割的命。

缺钱的时候，人如鸿毛，命如野草，无可救药，1000块钱都能难倒一个英雄汉。

三楼的思琴正在吃她的抗抑郁症药，堆成了一堆，大概有十几种。物质充裕后，伴随的是精神的极度痛苦。思琴毕竟走的是一条违背伦理道德的路，每天都会受到精神上的谴责。思琴每周都会去教堂，早几年还有点用，但是这几年似乎内心的痛苦愈加深重。思琴也想过离开克里，可是每个月的开销，绝不是靠自己能解决的，她也知道坐吃只会山空，但又有什么办法呢，便只好由着这样过。

思琴的情绪状态总是非常糟糕，不管外面下不下雨，总感觉头顶被一团乌云笼罩着。身体也日渐消瘦，经不起半点风吹雨打。一旦有一些复杂的东西揉在一起砸过来的时候，大脑就会一瞬间被爆发出的威力所击倒。

二楼受人敬重的子木教授的老毛病又犯了，丑不丑陋，外人没法去说，外人也没法知道，人家没有杀人犯火，没偷没抢，有点小爱好说不定还真可以帮他在这困难的生活中保持一份动力呢。

一楼的高达正看着自己掉的一撮头发，摸了摸额头，离秃头感觉又近了一步。秃头的命运不放过每一个人，哪怕是桃花不断的美男子。再贵的洗发水和护发素都不管用，用传说中生发的生姜水擦破头皮都不管用。眼看着头发越来越少，三级 M 形脱发患者却无能为力。最后的救命稻草植发也安排上了，可两个月后银子花了不少，种植区仍不见好转。一心想着能够早日恢复头顶浓密，每一天都要对着镜子仔细查看头发的生长情况，恨不得用尺子量一量每根头发的长度，可头顶这块地，自从掉了第一把头发后，就成了不毛之地。

都是这操劳给弄的啊，又当爹又当妈不容易，大概老天看高达辛苦，想给高达点一个赞，没想却让高达头顶印了一个大大的“桃心赞”。

为了让儿子吃到健康的食物，他开垦了一片菜地，还养一些鸡和鹅，以前没做过这些事，农民的辛苦，算是体验到了 。

男人真是做了父亲后，会变得温柔又稳重，虽没有经历过枪林弹雨，也没有睡过坚硬的厂房板床，更没有吃过难以下咽的大锅饭，但自从点点来了后，高达就感觉自己已经是一位坚强的父亲了。

这孩子就成了他最脆弱的软肋和最强的盔甲，这为孩子而掉的头发，也是勋章。

大熊夜袭的这一晚，它看到了七层楼不为人知的阴暗面和烦恼，原来看似安全的、便利的、轻松的、和平的、丰衣足食的生活，其实在不为人知的时候，早就破碎不堪，只是每一个人都在拼命保持着体面。

这大熊走了很远的路来到悦耳湖，原本想过来偷走一个叫作幸福的东西，可发现这一切原来都是假象，这里没有它想要的东西。大熊落寞地走了。

如果不是后面来了那场摧毁家园的大火，这里的居民，第二天，还是会像每个醒来的清晨一样，像什么也没发生一样，去感受、去拥抱、去开启美好生活。

明天一早，阳光会来，一场睡眠已经把自己清扫，我们又告别了脆弱、欲念，以及悲伤的情绪，洗干净脸，穿上新衣服，在我们身上，没有东西再被归入阴暗。

第十一章　无计可施

七层楼的每一个人，都在悦耳湖畔度过了一段平静而与世隔绝的修行生活。悦耳湖畔的神奇之处在于，一来到这里，你似乎就能跟过去告别。没有牵肠，没有挂肚，各种思绪都能缓和下来，每个人都找到了属于自己的节奏和安宁。

若不是那场大火，悦耳湖畔可能真的就是人间仅存的天堂，掩盖了一切的不堪。

凌晨三点，被雷击过的树木，表皮完整，甚至察觉不出任何异样，肉眼无法看到的火焰却在树芯里熊熊燃烧。一开始只冒出一小颗火花，随后火势极速蔓延，十分凶猛，短短十几分钟，悦耳湖畔的树木，以及古堡的屋顶，已经披上了一件硕大的火衣。

最早发现大火的是七楼的项太太，她定了闹钟起来看锅里在炖的千金猪肚鸡汤，适当地调整火候，并加上一把鸡油和胡椒根，再熬上几个小时，早上喝上一碗软烂适中的猪肚汤最是养胃。还没来得及舀汤试味，闻到一股窗外飘进来的烧焦味，开窗定睛一看，这么大的火，手抖得汤勺掉地上了，整个人僵了一会儿，头发都立起来了。猛地回过神来，就夺门而出，一楼楼挨个敲门并大喊："着火啦，着火啦。"

项太太这么一呼唤，所有人都惊醒过来，撒腿就往外跑。

眼看这古堡将被烧得干干净净，一点不剩，消防部门一时半会还赶不过来，真是干着急。

十年成木，百年成林，万年才成古宅啊，这一场大火，化为乌有，留下一幅黑白无声画面。

这火来得太突然了，大家都愣在空地上，还没有缓过神来。

项太太的猪肚鸡汤还在锅中飘香却再也没办法品尝；温温的奖状也被烧毁了；李孝子心爱的小提琴也没来得及拿；思琴那一堆的药可是一刻也离不开；子木教授即将完成的研究专利；高达儿子的假肢还没来得及换。

大家开始抱头痛哭，而这其中的悲伤，各有一番滋味。

相同的是，过去的一切都没有了，一切要从零开始的这份恐惧与不安。

一把火烧掉了这所有的过去，明天每个人就会拿到一笔政府津贴和金融债券公司的定损文件，然后不得不背井离乡。这个心灵扎根的地方从此不再存在，大家都不得不去尝试一种新的生活。

或许这般自在的人间净土就不属于人世间吧，它已经洗涤了一些人的心灵，给了他们几年安宁的时间，它的使命已经完成了，它将归于尘，归于土，归于风，归于海，所以这场大火，正是它所期待的吧，它也想休息了。

它来走一遭，安了几个人的心，也该回去了。

屋顶都烧穿了，浓烟滚滚火光冲天，瞒也瞒不住，掩也掩不成。

悦耳湖畔昔日的光辉已不再。

明天大家就各奔东西了。

经历过火灾的人，心理上或多或少会有创伤，特别是晚上会惊恐不安，失眠。项太太嘱咐大家可以多喝桂枝去芍药加蜀漆龙骨牡蛎救逆汤。

卷二 JUAN ER

惊蛰。梦

大火把城堡的人带到了不同的地方。

第十二章　在屋顶上看到的世界

从悦耳湖畔离开后的一天，我做了一个梦。

在梦里，我去到了另外的国家，这是一个奇妙的世界，天上和地下可以无缝衔接。人们的交通工具就是自己的翅膀，我最多能飞七层高，有些人可以飞十层，甚至几十层。福气越大的人飞的层数越多。

你每做一件坏事，丑陋的事，你所能飞的楼层就会下降一层，那些作恶多端的人，自然是钻进了大地的深处，那些大善大美的人，最后都去了云端。

那些坏人当然不甘心一辈子被人踩在脚下，坏人若不想一直在地下待着，唯一的办法是去做一件好事，坏人每做一件好事，每忏悔一次，他就能往上飞一层，这样，去云端可能还有机会。

在梦里的这个国家，男人和女人拥有一样的能量，可以并肩作战。

这真是一个异常包容的国家。

我的修行只到七层，而我喜欢的男人住在二十层，他叫清水。我们之间足足隔了十三层高的修行，我怎么拼命都追不上他，如梦幻泡影。

那天我看着烟囱发呆，我默默留下了这些日记。

5月21日 08:11

我想，我大概是遇到真爱了吧。

这两天忙碌到没有时间来停歇，但一有空，就忍不住会想他。

那天，有机会听了他过去的故事，觉得很心疼，也很感激那些陪过他一阵子的女孩子，她们让他今天变得如此优秀。

他是个很严格要求自己的人，很大男人主义也很直男。有很多闪光点，有些小骄傲和小清高，也有很多原则。

第一次撞见他，在电梯间，没有一点不熟悉的感觉，像认识多年的好友或家人。

后来，去他们公司开会，清水先生穿着普通的白色打底衫，远远地看到他过来迎接我们，我朝他挥了挥手，还是那么熟悉，第一次觉得这个男人笑起来好好看，儒雅而有内涵，说话声音平静而有力量。

第三次见他，是在一次商务考察，他很细心地从出发到接我的每个细节都在叮嘱，见到我能感受到他有些惊喜，不过那天他穿得像个小老头，他坐我旁边，我不小心还把水给弄洒了。他跟我一起擦桌上的水，还是觉得那么熟悉，没有距离感。

第四次见面，我们约在一家餐厅，他选了一个靠近落地窗的位置安静地工作，穿着简单的白色T恤，阳光照在他有些杂乱的头发上。他没有认真地瞧上我一眼，说你先点东西，继续埋头工作。我就这样边吃边看他处理工作。那时候我感觉他对我太不当外人了。

昨天是520，他给我发了一个红包，666.6，恰好6是我的幸运数字。我想，这大概就是心有灵犀吧。

第一次，有这种只见了四次面，就觉得会做他太太的预感。

我大概能读懂他的孤独和他内心的强大以及心里的小傲娇，我大概也是那个能陪他走下去的人。他有自己的棱角和刺，也有很强的自尊心。我应该能够满足他对女朋友的期待。

第一次觉得，这世界上或许真的有一个人，他是能够保护我的，也能非常自然地让我做一个小声说话的小姑娘。在他面前，我觉得自己莫名其妙变得很温柔。

哪怕他不联系我，依然觉得他就在那里，在不远处。

解释不了原因，或许就是爱吧。

他来了之后，我感觉世界都不一样了。天空变蓝了，空气变甜了，急流也慢了，就连冬天的寒流也变成了暖流。

希望我们可以走下去，只希望，我可以陪在他身边，陪他度过接下来的时光。

他身体不是很好，希望可以陪着他，照顾他，我们都不再是一个人。

爱情真是美妙啊。

在历史的长河里，因为几次相遇，就能够将两个人紧紧地捆牢，不计回报地付出，毫无怨言地去勤勤恳恳，去对这个世界灿烂微笑，去加倍努力成为更好的人。还有什么比这更美妙的事情呢。

6月9日 09:11

那天见面之后，我们就断了联系。

或许，你只是我平静生活里的一场海市蜃楼。看过后，心动后，终究会消失在那一片空地中。再努力想要靠近会摸不到也触不到。

你说，你不是什么超级英雄，你只能拯救我，不能拯救世界。可是这拯救少女的甜果子还没有吃上几颗呢，你就猛地关上了阀门，一时间悄无声息了。

还有一个声音在默默地跟我说，好不容易，活到这个年纪，还能遇到一个让自己心动的男人，一个让自己心甘情愿的男人，是多么不容易。

但愿是你，只想把最好的我给你。

我只希望你开心。

6月16日11:11

今天中午，他居然发了一个朋友圈，定位在香港。原来他到香港去了。

而我这个傻姑娘被假想的幸福冲昏了头，乱透了心，日日夜夜等着自己塑造的那位英雄归来。

我心动了，可是他没有。

他对我说了一些动情的话，我错以为那是爱情。可是宝贝，谁知道他是真情还是假意。

没有清水在身旁的我，学会了与夜晚的风、与海边的沙子相伴，默默回忆，静静起舞。

纪念我这存活期半个月，就已经夭折的爱情

6月18日12:11

口口声声说，不再联系他，也不再对他抱有任何幻想。今天也是因为工作的事情，冷冷地去联系他只谈工作。可只是听到他几声咳嗽，我就没有能绷住。很害怕对他的生疏感，主动一点就主动一点吧，谁让我喜欢他呢。

他说，什么时候都不想要爱情，就这个时候特希望有个女孩能照顾自己。说实话，我是有点难受的，原来我一直就不是他的女孩。

可是我喜欢这样的人，选择这样的人，我就得做好遭这个罪的准备。

我们俩的心，还没有在一起。

可是，谁又知道，未来的哪天，他或许也会爱我到骨子里。

我问自己为什么会喜欢他，我觉得他像极了另一个我，这大概就是量子力学吧。

他似乎见证过我的扎根和破土，也见证过我的上蹿下跳和平静如水，不需要对话，也不需要熟悉，像是两个心照不宣，经过漫长分裂后，迫不及待想要重逢的细胞一样，就等着相遇。

6 月 21 日 13:11

我这七上八下，一会儿天上一会儿地下的心情，因为他一句话，一晚上睡不好觉，这感觉实在太糟糕。上一秒，他说想我陪着他，下一秒，他又说他习惯了一个人，习惯了孤独。

太折磨人了，这该死的爱情。

我以为爱情来了，可是到今天，我不得不承认，我可能只是看了一场海市蜃楼。

不能认真。

不能崩掉。

不能卑微。

这种失控的感觉，实在太糟糕。

像是一头扎进水里的鱼，身上被捆了一块巨石，任凭你哭泣，它就是不管不顾。等你自由落体似的沉入水底，你就彻底没了呼吸，这样子根本就是在寻死。

见完这次面，如果感觉还是这样煎熬，那我就放弃吧，好好一个人生活，不要再受这种折磨，可怕的模棱两可。

星期天做个了断吧，我已经尽力了，再不想遭这种罪，是你的就是你的，不是你的也没法强求。

真爱应该是自然而然的，而不是这样，连约他出来一次，都这样百般艰难。

你摸不透他的心，他也对你若即若离。

一个月都过成这样了，未来还有那么长的日子，你可要怎么度过，你问问自己看，是否能撑得住，我感觉一个月都要撑不住了，何况一辈子。

他一下喜欢你，一下又好像跟你是陌生人，好害怕这种感觉。

6 月 23 日 14:11

原本约好的今天见面，又没有见成。

有点心灰意冷，不过也感觉在预料之中。

他今天说，本来想今天试着牵我的手，我想，这应该是他想了很久的决定吧。

在他这儿，得学着做一个温顺的好脾气小姑娘。

又是一个新的开始。

不过，谁又知道明天呢。

只有等他想清楚了，主动来爱我了，懂得来珍惜我了，在这段感情上，我才有可能赢，强求，一点都不管用。

等他从心里喜欢上我之后，我才可能有主导权，才有可能是那个可以陪他走到最后的人。

我都等这个人这么多年了，又何必在乎多这一个月，一个星期。

只要结果是好的，我都可以去勇敢面对。

来日方长，这样磨一磨也挺好的，一个多月都长出很多根白头发，还瘦了好几斤。

前面难一点，希望后面可以很顺利。还有很多需要磨合的，至少经过这么一折腾，我也成长了，也没那么理想化了。

能成，感谢老天爷让我遇见他。

不能成，感谢老天爷让我有一段从未有过的体验。

能陪伴，这仁慈已足够。

勇敢一次，全力以赴一次，战胜内心的胆怯和恐惧。

爱对了是爱情，爱错了是青春。

希望我可以给这个故事一个完美的结局。

6月28日17:11

清水，身体恢复了吗？

我好想你。

你不来找我，我知道一定有你的原因。你有些事情没有想好，也有些事情没有处理好。

我相信你答应我的事情会做到。我也相信我们可以走下去，我相信你心里有我的位置，我也相信你未来的计划里有我，我相信我们可以有那一天。

你是我的大英雄，我会是那个陪你走到最后的人。

抓紧对方的手，要像爱自己的生命一样去爱对方。

6月30日19:11

很多声音在告诉我，要知难而退，过了今天就是7月了，全新的开始。

可是，忍住了一天不联系你，忍住了一个星期不联系你，忍住了一个月不联系你，但我却忍不住每天都在想着你。

当初，也不管谁先向谁示的好，我向你示了好，就代表我喜欢你。

我知道自己已经覆水难收。

6月的尾巴，是生命的馈赠。风还没有很大，天也还没有很热，我沉浸在朝思暮想中，在未知的旅途和大风大浪中狂野如虎。

7 月 3 日 22:11

他所表达出来的似乎连内心的 30% 都不到，他把所有的情感深藏在心底，然后用自己特有的方法消化处理掉。像极了过去的我，让人心疼。

努力做一个比他自己更爱他的女朋友。

我得是一个对生活充满热情和浪漫的女朋友，用笑容感染他，陪他发现生活的小幸福。

在忙碌的时候，疲惫的时候，一定不能让他看到，一定不能让他看到我糟糕的状态，一定要有好的状态，要精神抖擞，要神采奕奕，要笑容满面，要有耐心去等待。

提醒自己，要把最好的情绪，留给你。

7 月 4 日 23:11

今年，对我来说，最大的挑战就是遇到这没有一点准备的爱情。

你这么忙，如果我想你想见你想抱抱你了该怎么办?

你这么不主动，我也没有主动的经验，我该怎么办?

你不会表达，很多话藏在心里，我万一感受不到你的好该怎么办?

你总是自己一个人面对和解决事情，我想陪你一起，可你总拒我千里之外，我该怎么办?

每天都有十万个诸如此类的为什么在脑海闪过，这大概是恋爱期少女庸人自扰的烦恼吧。

我想要的其实很简单，日出日落都有你在身边。

希望我在你心里，像一束耀眼的光芒，明丽，动人。

刚与柔，碰撞是美好的开始。

想你的时候，我就看看你的照片，你 6 岁时在海边的照片，裤腿被打湿了，你小心翼翼地把裤腿卷起来，一只手在擦额头上的汗，一只手在甩掌心的水，你的那双眼睛充满了活力，也充满了热爱。

最喜欢你温柔地说，别闹别闹。

虽然我们见面交流的日子很少，但是每次看到这张照片我都觉得很畅快，是一种看过大江大河的心潮澎湃。

隐隐约约仿佛看到了一个长大的农夫清水，白天忙着圈羊，偶尔也会忙碌打井水，到了晚上就等着鸟归巢。

他行走在一抹抹阳光的茫茫天际下，渲染出了一幅幅属于自己的“油歌唱晚”图。

不管怎样，我还是相信，星星会说话，石头会开花，只要我可以穿过夏天的灌木丛和冬天的风与雪，终会抵达到你身边。

你哪怕是一棵仙人掌，我也会奋不顾身来抱你。

7 月 8 日 03:12

在看似不起波澜的日复一日，缕缕的花香却开始变浓郁了。傍晚有悦耳的蝉声伴着鸟语，我一边哼着歌，一边踏在洒满金黄的夕阳余晖的小路上，一时间觉得坚持这件事情是如此美好，似乎总有数不尽的喜出望外在等待着。

因为爱你，我变得很温柔，也变得很有耐心，像这夕阳一般，日复一日，从未变心。

这份爱有时候也如大地一般深厚，任凭多少脚印在上面留下，依然很难改变原地坚持的初衷。

喜欢一个人大概就是这样吧，明明知道他可能不怎么喜欢自己，可还是不愿意去相信，总想再去试试看，总希望有转机的时候，明知道是火坑，也还是想要奋不顾身地往里边跳。

这份爱似乎没有一刻沉默过，哪怕在火坑，被烧焦，被烧成灰，因即将到来的毁灭而失声号叫，这份爱，依然在这般“人间酷刑”中呐喊着，叫嚣着，热切地期待着，而这万般闹腾的主题只有一个，就是请务必送我到爱人身边。

现在的目标早已经不是成为清水太太了，而是要把他约出来。光这件事情，就已经相当困难。

7 月 20 日 05:12

我终于等到了这一天。

今天他说想见我。

我要了一杯冰茶，结果是热的，他马上就找吧台要了冰块，倒在纸杯里凉透递给我。

为了见我，他还特地回家换了一身休闲的衣服，来回三个小时。

去餐厅吃饭，男服务生准备帮我把瓶盖打开，他赶紧抢到手里，说：“不用，让我来。”

很细心地给我夹好菜，吃完还一起打了包，真的是老夫老妻的节奏。

出来走在有防护栏的小路上，他牵了我的手。

看电影的时候他一直握着我的手，中间手肘换了几个地方，但始终没有放开过。中间他扭瓶盖，只用另外一个手，我下意识地松开了一下手，他双手打开瓶盖后又马上握紧了我的手，手还是湿的，全程都没有松开过我的手。

他性格很好，问人话很有耐心，车被挪了几次也没有一句抱怨。

他送我回家，意外的话很多，一路碎碎念，他说自己的目标是做一个上市企业，40 岁要实现财务自由，想带我去很多地方。

送我到家门口的时候，清水说：“让我吻一下你。”

又是一点准备都没有。

我居然没有心跳加速，一切感觉都太熟悉，又感觉不真实。

回到家里，我都还没有缓过神来，感觉自己做了一场梦，忍不住掐了掐自己的手臂，手臂上有红红的印子，看来我没有在做梦。

我立马跑到窗户边，看到清水的车开出去慢慢消失在视野中，我有点后悔，兴奋过度的我还有好多话没有说呢。

坐在沙发上，我还在偷着乐呢。

为了下一次见面能够有好的表现，我急急忙忙做了一个总结，有几点是绝对需要提升的：

1. 他到的时候我在玩手机。

2. 点菜的时候没有帮他点，而是点完自己的就把菜单给他了。

3. 他发年轻时的照片给我看的时候，我没夸身材好，而是说这张照片早就看过了。

4. 走路不跟他走一起，自顾自往前走 。

5. 问他奶奶过世的事情，让他情绪又低落了。

6. 在车上很困，光听他说了，没有给太多反馈。

7. 他亲我的时候，没亲回去。

8. 不该跟他说工作上的烦心事，负能量会传染的。

9. 下车的时候没有说任何贴心的话，直接就走了。

10. 上楼后，没有给他发任何问候的消息。

11. 分开时没有显示一点点依依不舍。

12. 约会的衣服没有选对，有点暴露。

写完总结，我深深呼了一口气，仿佛清水没有离开一样。他浑身散发的自然气息猛地向我倾泻过来，恍然间，我闻到馨香阵阵，似柑橘似清泉，似人间美梦，似摇篮故里，恰好地把我完整包裹住，不留一丝缝隙，我感受到了前所未有的情意绵绵。

7 月 28 日 07:12

现阶段最大的幸福就是，想见面就能见到。

他不来找我的时候，我就好好把自己的事情做完，他来找我的时候，就漂漂亮亮、开开心心地陪他。

每一天的努力，都是为了能以更好的状态出现在你面前。

你是我的春风得意，也是我的如愿以偿。

他第一次牵我手的时候，我就觉得那是我不会忘记的温度。

他永远那么绅士，一个眼神就足以让我沦陷其中。

清水也对我本人给出了很高的评价："你如果生在战国时期，也能合纵连横。"大概率，我在他心里也是个很能干的人。

能陪他多久算多久吧，包容他，爱他，陪在他身边，不去计较。给他爱和关心，让他知道，勇敢一次，也听从内心一次。

7 月 30 日 09:12

我们又见面了。

趁现在走楼梯，赶紧亲一下你，哈哈。

爱你三千遍，不能更多了。

这次你问我喜欢你什么，我觉得是熟悉感。

就像贾宝玉初见林黛玉说的第一句话"这位妹妹我曾见过"，这世间所有的相遇大概都是久别重逢。

你忽然出现在我人生的轨道上，只多停留了几秒，我就认出了你的脸。

露水跟花瓣相见，不需要打招呼；天鹅跟湖面相见，不需要寒暄；马儿跟草原相见，不需要认识；你和我相见，就像深海的两束光，我向你奔来，万物都生长了。

沉浸在爱中的生命是最鲜活的，爱的烈焰熊熊燃烧起来，这个世界如此生机盎然。

目标早就不是清水夫人，也不再生你对我忽冷忽热的气。

我只想陪在你身边，好好照顾你。

你坚强过所有人，我接近你，不是为了照亮自己，而是希望给你爱和温暖。

你希望我开心快乐，我就要拼了命地开心快乐给你看。

你没有糟蹋我的真心，我也不要患得患失。

8月8日 18:12

邻居家的院子真是一派丰收的场景啊，苹果随意掉落在草地上，成熟的西梅压弯了枝头。

可是我的花园，灰溜溜的，一朵花、一个果子都没有长出来，看来还是好景不长。

上次跟清水匆匆见了一面之后，就上交国家了。

然后我就等啊等啊，不知道啥时候是个头。

想要抱抱，在他这儿，最平凡朴素的愿望都难以实现。

心里好难受，好压抑，又一个失眠的夜晚。

真是万万没想到，三十几岁还来遭这样的感情罪。

这真的是一个谜一样的男人，动不动就玩消失的男人。

我猜我不去找他，他再也不会来找我。

相信他可以把我训练成一个大气、温柔没有脾气，懂得爱和经营爱的小女人。我活了三十几年，拔不下的一根硬刺，被他拔下。

只有拔下这根刺，才能更接近独立与平和吧。他让我变成了更好的自己，我也赢了。

有时候也会想，女孩为什么要一个伴，要一个男朋友，要陪伴还是要保护，还是说，光是靠近，就打开了孤岛，就是成长，就能在心里硕果累累。

找个伴，不就是为了在这个世界上，能有一个亲密无间的人，可以分享喜怒哀乐、可以陪伴彼此吗？

8月24日 11:13

对他生不起气来，不知道为什么。

今天在磁器口，要了一个他的名字。

还帮他拍了一个，鸿业腾飞，希望爱事业的他，可以早日实现自己的理想和抱负。

中秋快到了，想一起看月亮，他还没有好好抱过我。

近期的愿望只剩一个：我想和你看月亮。

这时候的月亮还是月亮，还没有被嚼碎变成流星，而我的清水就藏在漫天的星光里。

这月亮跟我说，每一段感情的建立和认同，都会有一个过程，有付出才会有回报。

我似乎听懂了月亮的话，要学会等待。

陪伴彼此走下去，爱一天赚一天。

我曾四海为家，直到你的到来，你就像我的定海神针，让我不再困于千丝万缕。

我不要什么前程似锦，我只想陪在你身边。

这一次，我不再逃了。

9月10日 19:13

对相爱的人来说，彼此都是平等的，你多联系他一点，并不意味着你输了，反而证明，在这段感情里，占据主动权的那个人，一直都是你。

所以，我又想方设法去找他了。

跟清水通了电话，还视频了。我感觉他还是很懂我的，知道我想他了。

在喜欢的人面前，真的会变得手足无措，语无伦次，半天憋不出一句话，一顿傻笑。

我认了，就做个大傻瓜吧。

我问他："大功告成后，我们将去哪儿？"他回答说："去花园。"

清水，有一颗温暖的心。

没遇到你之前，我不知道自己喜欢的人长什么样，遇到你之后，我才知道自己是个要求很高的人。

和你在一起的自己很温柔，是我想要成为的小女人的样子。

如果可以陪你走下去，该多好。

你在的时候，我就已经丧失了所有动力。

一听到你的声音就没有一点抵抗力，你说怎么办。

在清水这儿，真的不需要藏着掖着，要热情，要让他知道你想他，需要他。

如果没有遇见清水，我其实已经习惯了孤独一人。可是遇见他之后，我真的不想孤身一人，一刻都不要。我只想跟他在一起。

感谢老天爷让我遇见他，好幸运。

9月25日22:13

不见面也挺好的，一见到你我就软趴下了，走不动了，变成一棵树了。没见到你，我说不定还能成长为一棵参天大树。

等我们老了，我们就住在宁静的小村庄里，你要是那片粉色湖泊，我就是旁边那棵树，我们一起迎接日出日落，一起看星辰，凝视着对方，望出日月交替的光辉。

等你干涸了，我就是那棵大树，给你水和营养，护你周全。

我也可以活出成熟的样子，撑起生活的风雨，把许多烦恼留给自己，为爱的人施肥浇水。

我也可以翻越一切大山，穿过一切河流，到达自己想要到达的终点。

清水说自己从来没有想过爱情，他受过伤害，他现在是在慢慢接纳我。我不要再去想，他是不是不爱我，是不是不在乎我，他的温暖就那么多。既然他牵了我的手，就说明他心里有我。

哪怕这世间没有人相信他，你依然要相信他。

以后少出点差，让他感到孤独的时候，能够看到你，听到你的声音。而不是，你比他还忙。

他已经很好了，我每次出差，他都没有一丁点的抱怨，他只说让我照顾好自己。他想见你的时候，你要陪客户，他灰溜溜地一个人回家了，他没说过一句你的不好，还很理解你。

不要放弃，没到最后不要放弃。这辈子做了太多半途而废的事情，希望这件事情，可以坚持。

去为他分担压力，安抚他的情绪，好让他在承受外界强大的压力之时，在你这儿能得到片刻的安宁。

我选择做他女朋友，选择陪着他，就要学会包容他的一切。

过去，我没能陪他吃苦，但眼下，我希望可以陪他共同扛过所面临的种种压力。

我不能把他往坏的地方想，一定要往好的一面。他开心我开心，他难过我难过，这样我们的心才会是在一起的。

我的雷厉风行和风风火火只给工作，在他这儿我得是那个默默等他回家的小女生。

多问他累不累，给他准备好吃的，问他今天顺不顺利，他生病的时候，在他身边端茶倒水，陪他做一切他喜欢的事情。在我这儿，他最重要。

很多人都说我太理想化，遇不到理想的那一半，可是我现在遇到了，甚至更好。

我对他发自内心钦佩，我愿意做他终身的铁粉。

10月 12日 10:14

这是第一次，他在我梦里，居然是春梦。

可哪怕是春梦，他都仅仅是抱我在怀里。他的肩膀很大很宽，结实的肌肉,拥我在怀里。我们睡的是隔离区的大通铺,旁边还有很多人。他睡得很死，腿重重地压在我身上，他真的在梦里对我都那么霸道，那么随意。

你在梦里，我真的不愿醒来。

下一次，我还是会一手拿气球，一手拿可乐，在机场到达的出口乐呵呵地等你。

不知道为什么，你在我身边，我就是快活娇羞满脸幸福的样子。

清水心里其实也住着一个小公主，渴望有人懂，有人陪，想静静的时候可以静静。

每次我知道他有应酬，会提前煮好醒酒汤，听着他前言不搭后语的醉话，照顾他到深夜。

在他熬夜改方案时，会放一杯热茶，帮他分析一时理不清的思路，伸手轻按他因久坐而酸痛的颈肩，当他困倦时眉飞色舞地讲一个新听到的笑话，帮他涂润肤乳，涂护手霜，睡前帮他调好安神助眠精油。

不知道男人眼里的好女友是什么标准，但我给自己定了好女友的标准：给他足够的安全感，懂得照顾人，不玩暧昧，满眼都是他。

没事多问问他，你饿不饿呀，累不累呀，最近是不是很辛苦，要像口头禅一样去问。

人生下一个阶段的挑战，就是在独立的同时，做个超甜的好太太。

不要让他误以为，我更偏爱事业，太好胜，为了事业可以摒弃很多东西。在我这儿，不管是哪个重要，要给他的感觉是，他最重要。要多花时间去陪伴他，嘘寒问暖非常重要，设身处地替他着想。

他哪怕有做得不好的地方，也不要说他的不是。一定要妥协，一定要迁就，不能太较真，很多事情，撒撒娇就过去了。

在和谐相处的日子里，我不得不认一个理儿，男人是需要捧的，他的一切在你看来正向的行为都要给予鼓励。

当他给你准备了一份礼物，你要表现出超级开心的样子，嘴甜一些，亲爱的，我好开心、好喜欢啊，再来个深情的吻奖励一下，对他超级温柔。

没事多抱抱，多夸夸，摸摸他的脸，亲亲他。

谈恋爱也一样，骨子里要有一股不服输的劲儿，不会就多学习，这关系总能经营好。

人跟人没有无缘无故的爱，一定要花时间花精力去经营。

11 月 1 日 20:14

没想到我们的感情，卑微的居然是清水。

我长相萌，但是骨子里果断决绝。

清水长了张决绝的冷酷脸，但是说话思前想后，性格软，彬彬有礼。

我现在专注力真是十级，紧紧挨着清水，一天亲八百遍都不够。

光明就在前方，我可千万不要掉链子。

有些人，见三百次都没用，有些人，见三次就够了。

清水是最棒的，我也是最棒的，我们都是“孙悟空转世”。

11 月 3 日 21:14

天气开始转凉了，公园里的千年古银杏树也积蓄了一年的能量，年年岁岁年年，只为每年的这个时候光彩绽放。在这一片金灿灿的银杏树下，人头攒动，所有的期盼释放于这秋黄中。姗姗来迟的秋日总算是来了，我迎着微凉的风，伴着枝头的寒意，任凭这光线穿透微尘，看它们在夕阳西下时给时光缀满金黄。远处蓝白相间的塔，将这灿烂的黄色送入云中，这份情深意重即将入巢，远处的飞鸟与人海，在这天地两端穿梭，浑然一体。

多么浪漫美好的季节啊，我还时刻沉浸在清水的魅力中不能自拔。

我毫不掩饰对他的赞美，一直用肯定的语言去夸奖他，这让他感到无比的满足，同时增强了参与共同事务的热情，他对我也更加疼爱。

他说他喜欢抱着我，我满脸写着高兴，谁不喜欢呢。

我家世世代代没有出一个文字工作者，我觉得我特别光宗耀祖。

我想要的生活没有捷径，我想要的爱人也没有捷径。

生活方方面面都需要智慧和经营。

有了疼爱就有了底气，我们每个人都是爱中的受益人。

11月13日8:15

今天约会迟到一个小时，他没有责怪我一句，说等在车里睡着了。吃的也不是他爱吃的烧烤，都没抱怨。说前面一份工作不开心，但如果不是这份工作，也不会遇到我。

他送我到地铁口，路上风很大，他帮我挡着，牵手也从握着到十指紧扣。我喜欢的样子，他都有。

说话的声音也和我一样，细细的。

最近清水创业不太顺利，可能吃了不少苦，说话也没那么骄傲了，变成熟了，更优秀了。

这一次，他对我更真实，感觉他认真了。

这一次，觉得好熟悉，我们又进一步了。

创业加油！我努力做好后勤保障工作。

我要相信他，也相信自己的判断。相信他爱我，懂他的辛苦。他不太会表达，也不太会说甜言蜜语，那就我来说。

我要给他坚定的爱，让他放心。让他知道我爱他，关心他，一直在他身边。

他已经很辛苦了，在他身边，我就要开开心心的，不要大声说话，不要很疲惫很累的样子。要轻松，要温柔。

他没有安全感，我要给他足够的安全感，要时不时提醒他，在这个世界上，他有一个女朋友，很爱他，会陪着他，会无条件相信他，支持他，爱他。

11月16日9:15

我们越来越近了，感觉空气里都是甜蜜。

如果说用一种植物来形容此刻我们的爱情，我想“藤蔓”是最合适不过了，独立又交织相融。

如果我是一颗胶囊，那壳内最柔软的部分一定是留给清水的。

在这惬意温暖的日子里，我们晒着高原的太阳，呼吸香格里拉的新鲜空气，我们在一对藏民家院子里种的夫妻树下拍了一张合影，在世界上最大的转经筒许下了美好愿望，在水天相接的泸沽湖抱紧彼此。

爱情来得太快，就像龙卷风，会不会到明年这个时候，我真的会是个妈妈了？他宣誓主权，我乖乖投降，我就喜欢这样的，没有遮遮掩掩，最直接、最原始的表达。

这几日的旅行，让我们彼此感情更深了。我们的爱情就像金字塔一样牢固了。

星星喝醉生了很多小星星，月亮不小心跌进深海里，和岩石发生化学反应释放了大量热量，让深海沉睡的小生命都活过来了。

你来了，我从未感到如此幸福过。

我们从未如此纯洁、温暖、甜蜜地拥抱，给予彼此无比的信任和真诚，在月光下，两张脸庞溢满了幸福，远处的雪山都被我们投入的拥抱狠狠地感动了吧。

心理学上有个概念，叫作“染色效应”，所谓染色效应，是当一个人爱上另外一个人的时候，就会看不见对方的缺点，自行对其进行“染色”，认为对方是近乎完美。而此刻，我的这个染色分辨率一定是满格的。

我要好好加油，要有好的状态，要努力迎接新的挑战。

11 月 18 日 10:15

我们每个人心里一直有个小太阳，让我们没有停留在原地，一直在成长。

不管遇到什么样的男人，换什么样的工作，我身边最重要的家人和朋友，我希望看到大家幸福快乐下去，我不希望你们抑郁，不希望你们不开心。我们都陪伴彼此度过了很多艰难的时刻，对于我来说，我希望看到你们事业辉煌，满面春风。

我是大家心里的小太阳，我一倒下，一灰心丧气，一撒手不管，就都会泄气了，都散了。我一定要干劲十足，苦和难，我都要自己消化，身上有了沉甸甸的责任，我就再没办法撒手不管了。

我一个人躲在房间里哭得再凶，我也要挺过去，留一身轻松，给周围的人力量，这就是我现在的位置，我的角色定位。我已经是一个别人对我有期待的人了，我已经回不去了，我弱不了。这就是命运给我的安排，交给我的任务。

要真正成熟，要能扛事情，要把生活越过越好，状态越调越好，要带着大家走上真正的康庄大道，我不能松懈，也不能软弱无力。

能量越大，责任越大。

如果你是科学家，就要为了伟大的科学事业奉献自己。

如果你是慈善家，就要学会舍小爱，顾大爱。

我们每个人在这个社会上都有一个位置，有别人对你的期待，你只能好好地担起这份责任，逃避没有用，你已经走到这一步了，已经是这样的一个人了，你的孤独和害怕，你的软弱和无助，只能留给自己一个人的时候消化掉。

命运带我们走到了今天，带我们踏平了荆棘，让我们被需要，被呼唤，让我们精神抖擞伸长了脖子去战斗，偶尔也让我们看看这人世间的热闹非凡。

11 月 21 日 11:15

清水深夜 12 点开了两个小时长途来找我，我为之欢呼雀跃，这是我们如此看重的重逢！

每一次的见面都是心动值升级。

我会换着花样给他做好吃的，我会把冰箱里塞满他喜欢吃的食物，会给他切好水果，会给他缝上绽开的裤脚，烫好他的衬衣。我会把家里收拾得干干净净的，把所有东西都收纳整齐，等他回家。

帮他刮胡子，擦皮鞋，整理衣服，从后面轻轻拦腰抱住他。

我知道我可以给他安全感，是他可以信任的亲密爱人。

我们把每一次见面都当作最后一次，每一次分别都要用力拥抱亲吻不留遗憾。

每一次见面都是一个不断进化的过程，这股神奇的力量，支撑着我不断向前。

只是，短暂的相聚，离别又要哭一场。

他的背影消失在这冷雨夜，留我呆呆地站在楼下，不愿意上楼。

楼道里跑出来一个小男孩，看到下雨开心得手舞足蹈，然后冲进雨里，伞也没带，他伸开双臂迎接雨滴，他在享受这场雨，这么冷的雨，小孩真是小孩啊，把这夜里的雨当成雪了。我大声喊小朋友快回来外面冷，可小孩朝我扮了个鬼脸，撒腿跑别处奔腾了。这咋咋呼呼叽叽喳喳的快乐瞬间感染到我。

短短的三个小时，来如风，去亦如风，又开始期待下一个相聚的日子。

我还没有和你待够，有你的日子就是我想过的日子。

11 月 22 日 12:15

飞东京，起飞前，表白一下我家先生。

私の目には清水のことしか見えない。あなたが一番大切です。（我的眼里只有清水，你最重要。）

12 月 10 日 18:15

今天晴空万里，小伙子，祝你生日快乐。

清水的生日愿望好接地气，吃烤肉喝啤酒。

烧烤的烟熏四起，我们之间说的话都带着洋葱和蒜末的味儿，这接地气的烤肉摊儿真是过瘾。

这种流动的烤肉推儿在城市是稀缺物，吃了今天可能没明天，也不知道老板哪一天会摆摊儿，我是不太喜欢这种美食的，我更偏爱那种永远稳定出品想吃就能吃到的餐饮店。

我做任何事情，不喜欢马虎和敷衍了事。环境要对，人物要对，场景要对，流程要对，我要做好充分的准备，穿什么衣服，弄什么头发，说什么话，该是什么样子，希望给自己或对方带来什么样的回忆，都很重要，我不喜欢慌乱和急匆匆。我喜欢都准备好，有条不紊，这样会让我觉得舒适。而清水比较随性，不喜欢提前规划，走一步算一步的艺术家气质，下一个念头、下一秒就立马要执行。我们之间也因此会有不少分歧，但好在能找到一个好的相处模式，彼此能适应。

听着滋滋滋的烤肉声，在嘈杂的各种对话中，扯着嗓门说话，大口喝啤酒，这真是一种回归。

喂饱了小肠绒毛壁，踉踉跄跄地买单牵手回家。

清水这大迷糊，吃开心了把眼镜都忘在店里了，还好我反应及时，帮他取回来了。他在路边的大树下等我，等我到了，他忽然蹲下来，让我坐到他的脖子上："快，坐上来看烟花。"我就这样像小时候坐在爸爸脖子上一样，呼吸到了高处的空气，还真的看到了远处的烟花，两个半醉半醒的人啊。

瑞雪已经笑得不行，那是我在爱你哦。

你在哪儿，哪儿就是家。

12 月 19 日 19:15

我可能真的要做清水太太了，要嫁给自己喜欢的人了，最后阶段和节骨眼，我一定要好好努力，不能有差错，也不能有糊涂。

他喜欢的和不喜欢的我一定要牢牢记住，再不能像过去一样自由散漫。

感恩，在这个年纪，别人都在愁嫁，都在相亲，在怀疑自己，在担心自己会孤独终老，而我是有多幸运，才会遇到他。

还要更加努力，不能松懈，事事尽量做到出品优秀，不能马虎，要关注细节，要不断进步。要留个好印象。

他平时的节奏太快，每天都在线，几乎没有休息的时候，还要应酬，在他面前，如果我还是一副疲惫的样子，怎么行！我要休息好，先把自己照顾好。

他在感情里是个没有太多安全感的人，生性多疑，跟他说话要谨慎，不能撒谎，要稳重，他喜欢稳重，偶尔跟他说说甜言蜜语，不要天天说，他又要多想了。把他的每一件小事情放在心上，给他温柔的爱。不要给他一种印象，我很忙，能力很强，有没有他无所谓，一定不要这样。他确实也有女孩子不能接受的地方，但我有办法跟他和谐相处。可能在未来的日子，我们还需要更多的磨合，但我相信，只要彼此认定对方，我们一定可以一起迈向人生新阶段。

我一出差他就没安全感，嘴上不说，体现在微信上跟你说话很急，他是一定不能被冷落的，你得时刻体现关注他，在乎他。

如果命运把我带到了他身边，让我学会做一个知书达理、可圈可点的太太，那我也一定会扮演好这个角色。

谈恋爱的一个非常大的收获就是，你会明白总有人陪你到最后，你肯定不会孤独终老。最大的收获不是找到男朋友，我觉得应该是学会如何去和一个男人相处，如何去调节自己的情绪，这个能力学会了，以后还怕不会幸福吗？跟谁都幸福。

像清水这么骄傲奇葩的人，我们都能和谐相处，说明我这些碎碎念还是能够经得起考验的，那我就总结几个阶段的小经验分享给大家：

南南恋爱收割法

第一个阶段，你得有美貌，这个美貌不是说长相美，而是你要觉得自己美，也就是所谓的自信美。

第二个阶段，你得温柔，得眼里有他。这个有他，其实说的是要善于表达爱，而不是真的让你满脑子只剩下他。

第三个阶段，也是最重要的阶段，就是你得有自己的事业，这是你的底气，也是你无所畏惧的资本，你要取得某个方面的成绩，这才是最持久的魅力。长期的恋人和爱人关系，靠的是彼此共同进步。

跟他相处的这几个月，该经历该成长的都过去了，算是对自己有了交代，我也该收收心了，该下狠心去打好另外一场仗了，一定要做出成绩，一定要带着团队迈向新的阶段。我要有自己热爱的事业，那是我的精气神，也是支撑我们走下去的坚实力量。

哪怕是遇到你认为很优秀的男人，活出自我魅力，自信还是比什么都重要，拥有属于自己的东西才能昂首挺胸地向前。

当你想做成一件事情的事情，整个宇宙真的会帮你。

清水：34 裤子，45 鞋子，衣服 XXL，身高 183，体重 150。他最喜欢吃的菜是排骨年糕。

我真是佩服自己，就凭我这不屈不挠的记忆力，你觉得我干什么事情不会成功呢？

12 月 22 日 23:15

一般人估计很难适应他，也只有恩威并施的我了。

谈每份感情都是不容易的，每个男人有每个男人的性格，有你要去适应的东西。

女人啊，总是在打一个又一个仗。

我们愿意做对方最好的伴侣，全方位地理解对方，支持对方的理想和梦想，给予对方无条件的信任和自由的空间，支持对方拥有自己的兴趣、爱好、同性以及异性知己，支持对方自由地支配自己的财产，并在以上基础上分享生活。

正是因为这些矛盾和冲突，才构成了多彩生活，值得不断探索。

好的爱情大概就是：

你想去闯，我陪你，你想去做什么，放心大胆地去做，因为你的身后有我。

鸡汤文里总是会灌输：要让男人去付出，去花他的钱，才能得到他真挚的爱。

可是我并不这样认为，我们要做长远打算，我为什么一定要让对方去付出呢，我让他觉得轻松愉快就可以了，我们有足够能力独立，不需要在金钱上依赖对方，只要把关系经营好了，其他的就交给时间了。

你要相信他，相信他爱你，相信他有能力给你幸福的生活。

一半焦虑，一半明媚，是爱情的常态。

12 月 31 日 9:16

今天跟他一起去杭州出差，对他有点失望。

他全程自顾自在车上打游戏，打完游戏就睡觉，完全把我当空气。边走边抽烟，说脏话，走路不牵我手把我丢得老远，去开会与人谈判还是一副清高端着的样子，他瞧不上的人话都不愿意多说。

这个世界上哪里有百分百满意的男人，哪怕这个人曾经是你朝思暮想的男神，你瞧，这么快，你就不满意了，看都不想多看一眼。

这可怕的念头一有，得及时反省一下自己。

今天出门太赶了，我应该早点买好早餐，他那么早出门应该没有吃早餐。其次是，我一生气就摆着一副臭脸，哪怕是生气也不要表露在脸上，没人喜欢一早受你这个气。第三，不喜欢的东西婉转地让他知道，不要自己跟自己生气。理解他今天状态不好，没有睡几个小时，人累，再说周围都是人，不是好好说话的环境，他不是冷落你。切忌动不动就生气。

平时他很少抽烟，今天可能压力大，加上辛苦。

以后他玩游戏，就靠在他身上看电子书。

他走路太快让他等等自己，他抽烟的时候，就在远一点的地方等他抽完烟，不要皱眉头，更不能板着脸。

在这份感情里面，要收获成熟稳重，学会控制自己的情绪。

改变自己是很难的，但一定是要逼着自己去成熟，心情的大起大落会严重影响身体。

爱是一场演习，必须保持练习，长此以往熟能生巧，一旦偷懒懈怠，就容易退化。

爱都有开小差和厌倦的时刻，也会有低谷期，一不小心就会触底反弹分道扬镳，守得云开见月明只怕是难了。

清水看着冷漠，却是红色性格的人。红色性格的人，特别愿意听别人的夸奖，一件事做了，他赚不赚钱不是最重要的，只要你说“太棒了”，红色性格的人所有疲惫都会消除。

而我这段时间，吝啬了夸奖，就闹脾气了。你看，爱把一个大老爷们退化成了小孩。

散步的时候有话说，抱在一起有安全感，累的时候，知道他就是家。自家人都不夸自家人，还奢望着外人去夸吗？他在外面多的是碰壁，多的是各种各样的压力，爱人就是彼此的避风港啊。

1月8日 11:16

我们女孩，长大了，都想要拥有强大的自信。

自己去闯的女孩，都很刚，不善于表达细腻的东西。

你可能会去接纳一个孩子的瑕疵，帮助他，成就他。但你对身边亲近的人就难做到。

如果喜欢跳舞，你会像快乐的舞蹈机器人一样不知疲倦地沉浸在舞蹈世界尽情表演。

我们总是很容易就能意识到自己对某种东西的喜欢，这种喜欢一旦打了烙印，就马不停蹄地为此倾其所有。

如果对身边的亲密爱人也能一直保持这种包容和热情，那会是非常棒的状态吧。

我还挺喜欢这种不知疲倦的感觉，遇到清水的时候，我就想，我遇到他以后，就再也不要这么累了，他已经强大到可以保护我，但其实自己内心随时有个盔甲，等着随时上战场，也可以为自己的爱人挡风遮雨。

不管谁是战士，谁是军营里的军师，目标只有一个，就是让彼此幸福。

我这辈子最开心的事情就是遇到他，我没有想到生活可以这么幸福。

我真的觉得他特别棒，他是全世界最帅最有力量的男人。

我能有今天的幸福，那一定是因为妈妈过去为我积了很多福，爷爷奶奶也在另外一个空间观照着我们。

我并不是因为谈了这个男朋友，就变了一个人，妥协了被降服了，而是我成长了，拥有幸福能力了。

1月15日13:16

清水今天一早7点多就跟我说生日快乐。最早一个跟我说生日快乐的人，有点开心。

清水说，他要的女朋友其实很简单，相处不累，没太多心思花在感情上面，心理年龄已经接近40了，要的只是陪伴。不能让他猜来猜去，我的想法和要求都要直接告诉他。

他讨厌道德绑架和事后诸葛亮。他认为一段关系应该是相处起来不累的，彼此都是很舒服的，委屈自己做一些事情，没有必要。他喜欢我说愿意，这对他来说很重要。他希望我跟他是舒适的状态，而不是被逼或委屈自己。

他喜欢我听他的话，喜欢我乖乖的又小淘气的样子，他喜欢我跟他撒娇，喜欢我跟他表达感情，说爱他的话。他需要哄，哄哄就没事了。他还特别喜欢讲道理，你要认认真真听他讲，要认同他的观点，还要做出总结，做出改变，要让他觉得你是在他的引导下进步了。在他这儿，就要示弱，哪怕没那么在乎他，也要表现得相当在乎他，离不开他。你就让他得意，让他觉得自己很厉害。你只要顺着他，就什么都好办了。还是那句话，陪他，捧他，甜他。

顺着他就好，他也是聪明人，你让他觉得舒服了，他就都听你的了，他也会懂得感恩，只是不在嘴上说。

我喜欢他在大事情上的果敢和当机立断。不要去跟他计较太多，说好了无条件相信他，支持他，爱他。哪怕他做得再过分，不要指出来，用温柔的方式去解决。

他想要结婚我们就结婚，若不想结婚我们就不结婚。他想要孩子，我们就要个孩子，若不想，那我们就不要孩子。

对于我来说，最重要的是他。

我高兴的是我通过这段感情，变强大了，自己的承受力也变强了，又突破了自己，又上了一个台阶。生活还有很多要去面对，把自己磨砺好了，就什么也不用害怕了。

有爱人的感觉还是挺好的，心里踏实好多，也大气好多。以前觉得自己还想着处处被别人照顾，现在是处处想着怎么去照顾好别人。

爱让我学会付出，我觉得这很棒。

只要他在，总归不会让你受累的。他会帮你拎所有的东西，伞给你打，让你先上车担心你被雨淋。

清水在我旁边的时候，我很轻松，我只要做一点小事情就可以。

有时候觉得，我的爱在嘴上，他的爱在实处。

1 月 22 日 16:16

清水，我要给你看一个东西，要闭上眼，不准偷看，要一直闭着。其实我就是送他一朵玫瑰花。

1 月 23 日 17:16

1 月份下了一场大雪，这雪白点亮了我们的世界，当月亮回到湖心，当野鹤奔向闲云的时候，当我步向你的时候，一个拥抱便封住了所有爱人想要抱怨的嘴。

看似是我事事顺着他，实际上是他离不开我。

看似是我对他细心照顾，实际上是他在为我们的将来做长远打算，他想给我更好的生活。

他常常每日每夜忙疯的状态，顾不上我。我心疼他的辛苦，帮不上忙，也只能做点美食填饱他的胃。

未来能走多远说不准，爱一天是一天。能陪他多久就陪他多久，不去奢求什么。

对于他的过去，也不去过问。你知道他在意你就够了，其他都不去计较，做一个大气磅礴的姑娘。

让自己强大，才能风轻云淡地去应对所有的突如其来。比如可能会突然消失的爱人。

我比过去成熟，不再思考跟着一个人可以过什么样的生活，而是自己是不是有能力幸福。

如何用自己的力量去让一段关系更好，更幸福，这是经营。

他可以冷落你，但你不可以冷落他。

只要不是原则性的问题，都不要跟他去计较。

他渴望成功，渴望事业上的辉煌，他希望自己的女孩跟着他可以衣食无忧，他在我身边的时候，他什么都会帮我安排好，他骨子里就是个大男人。他希望可以成为自己的女孩的依靠。

他会停好车过来接你，你乖乖等着他就好。

下雨他会让你打好伞，自己淋雨也没关系。

让你先上车，自己去放东西，他办手续，让你在旁边坐着。

他的被子让你盖，会紧紧地抱着你，手臂给你枕一晚上麻了都不拿掉。

他没有甜言蜜语，也不会说想你之类的话，他做事情很认真，他让我很踏实。

真的觉得可以遇到他，好幸运。

从来没有想过要一个孩子，但想为他生个小孩。他会是个好爸爸，也会是孩子的骄傲。

他总是沉默不语，但我能感受到他爱我，在意我。

就像那天一样，不管多匆忙，会去买一个蛋糕，会去楼下拿打火机，会帮我插上蜡烛，关着灯为我唱生日快乐歌，还会认真地说一堆祝福的话。

他很在乎我的感受，我感觉得出来，他的未来计划里有我。

这是我写给清水的诗：

今夜除夕，悦耳湖畔。

心里的花，是白月光。

恰逢少时，和风暖阳。

山河湖海，君倾我心。

他不懂温柔，不懂浪漫，但我很肯定我没有选错人。

我给不了他什么承诺，也担心自己做不好清水太太，但我会尽我所能，倾我所有，去爱他。

我相信清水在这个世界上是有很多使命要去完成的，而我没什么野心和抱负，我只想要乖乖地陪在他身边。

没有他，良辰美景，更与何人说。

爱是纵有狂风暴雨，也要在一起，烈火丹心，一路青山。

他更在乎的是自己的成就感，你越感到幸福，他越有劲。

而我是对内的，我在意的是这段关系让我内心平静，成了更好的自己。

有些流淌在骨子里的基因，敏感、脆弱，是每个人终其一生都无法逃过的，在他这儿，在和他相处的日子里，我真的得到了一些治愈。

1 月 29 日 19:16

你拥有得越多，其实你越不自由。

你扮演的角色越多，身上的责任越多，越没办法停下来。

这几天待在家里，一日三餐都由父亲打理，这是工作以来少有的时光。父亲担心我遇人不淑，他并不要求这个男人有多大能力，有多光鲜，多有面子，他只希望我跟着的这个男人，可以对我好，可以让我开心。父亲即便到了这个年纪，依然有怪脾气。父亲跟我说："他如果不来找你，你就不要去找他，一个男人想要找老婆，未来还想要一个女人帮他生儿育女，一点付出都没有是不可能的。"父亲让我再看看其他男人，他不希望我去卑微地坚持一段感情。一年见三五次面是撑不过未来的漫长岁月的。

父亲辛苦了一辈子，这些年，他一个人赚钱养家，又当爹又当妈，坚持给我最好的教育，坚定支持我去国外读书，他告诉我人要坚强，要靠自己努力。我知道自己不能让父亲担心，也不能让父亲揪着一颗心生活。

父亲不过问一句那个男人的细节，我知道，他认为我在遭罪，不希望我太辛苦。

父亲要强了一辈子，从来没有向人低过头，哪怕到了现在，家里大大小小的事情都还是父亲在操心，在亲力亲为。

不管今后嫁不嫁人，有什么样的人生，我不能让父亲再因我感到一点点的不愉快。

我没有什么软肋，如果说有，我唯一的软肋大概就是我父亲吧。没能实现年少的一个个承诺，到了 30 多岁依然没有成功，没法保证父亲衣食无忧和享受生活，过去的十年，不太懂事没有规划，养了很多陋习和坏毛病，那些年父亲花了很多时间培养我的好习惯，这些年不在父亲身边，一个人自由惯了，毛病都出来了，接下来的十年，要慢慢改过来。

我相信清水是个很不错的男人，也是个有责任感可以依靠的男人。我相信他，也相信自己的判断。

父亲今年就 60 岁了，只愿父亲健康平安，笑容常在。

如果人生只有一个目标，那就是做那个强大而有力量的自己，陪在父亲身边，护他周全。

我经常教育自己，要有狮子的力量，菩萨的心肠。用狮子的力量去奋斗，用菩萨的心肠善待人。

下次要帮爸爸剃胡子，带爸爸去各种地方，让爸爸开怀大笑。

2 月 1 日 22:16

我感觉我跟他还是有点心灵感应的，每每我觉得心神不定的时候，清水估计都能感觉到。

我知道清水是个自尊心很强的人，他不会花言巧语，他只会赚钱，他只想给我更好的生活，他是要做家里的顶梁柱的，他希望我依赖他，其实我可能对他有点压力，虽然在他面前我一直很低调。

经营好一段关系，还真的需要妥协和调整，收起自己身上的刺。

感觉生活真的是从遇到清水后慢慢变好的，和他在一起后，我成为了更好的人，这点很重要，我有了开心笑容和幸福能力，受益终生。

只是跟清水在一起后，觉得时间过得非常快，一年见个五次面就过完了。

生活大概在告诉你：值得拥有的，都来之不易。

不过，生活估计也会告诉你：是你的，终究是你的。加油吧，我的勇士！

喜欢在清水怀里撒娇，用小锤头捶他胸口，咬他的耳朵，咬他的背。

紧紧抓住他的手，像小孩一样左右摇晃他的手臂，再晃肩膀，往他怀里蹭。

在他发火的时候，我就抱住他，使劲亲他，他就没有一点脾气了。

人哪，你想要爱，你就有了欲望，你有了欲望，你就不能爱咋地咋地，想干啥干啥，就脱不了身了。

2 月 12 日 10:17

我只希望可以陪在清水身边，温柔、可爱且犯傻地陪着他，爱他；在他累的时候，或者想休息的时候，另一个坚强独立的我，可以给他一个肩膀，也为他撑一撑。

这辈子，可以不计回报地去付出，去爱一个人，本身就已经很幸福，也很纯粹。

我要做好充分准备，锻炼好身体，积累财富，提升能力，保持好的心情。

准备打新一轮的仗，迎接新一轮的挑战。

我可能会做清水太太，也可能会有个小孩，我要满心欢喜地去迎接可能会到来的幸福和挑战。

我小的时候梦想嫁两种人，一种人是带兵出征的将军，一种人是博学多识的教授。最后可能要嫁给这个冷漠的男人。

我们没有吵过架，没有冷战过，我是个情感细腻柔软丰富的人，遇到个高冷的爱人，有时候会怀疑人生。

他总是隔几个月就像高贵王子一样对我不理不睬，我就像他身边的空气，而我还在为这幸福战斗。

2月15日13:17

昨天情人节，清水一早给我打电话，跟我通了半个小时语音，晚上9点多又来找我，还给我发了一个红包，虽然红包不大，红包文案也很俗，但能主动做这件事情，我觉得已经有进步了。

才发现，没有安全感的是他啊。他其实怕我不在乎他，怕我心里没有他，又嘴巴硬，不会说。昨天我给他剪了个视频，估计他又踏实了，他喜欢我跟他表达爱意，喜欢我细心地爱他，喜欢我听他的话，喜欢我跟他撒娇，喜欢我的，他就吃这些。

我们会越来越好，最难的阶段已经过去了，后面还要磨合，但已经比刚开始的阶段好过多了。

有过怀疑，也有过放弃，但这辈子做了太多半途而废的事情，选择坚持一下，不要一遇到困难就逃避，这样一辈子真的会碌碌无为。再换一个人也会遇到其他的问题，有可能比眼下的一些困难更难跨过。

如果不好好把握他，不花点时间和心思，真的不知道自己哪一天能迈过这一关，能打赢这场仗，能像正常人一样步入人生新阶段。哪有什么顺其自然，如果又逃避了，一个人过一辈子不是不可以，但总归是不完整的，也会让父亲担心和伤心。我要把日子过好、过顺，才能真正让父亲舒心，让自己和亲密的人生活都越来越幸福。

人活一口气，士气和希望都没了，还有什么劲。

男本为刚，为父则柔。

不知道清水做了爸爸后会不会变得很温柔很温暖。

他的手臂很厚实，孩子躺着应该很舒服吧。

他的手掌很大，孩子牵着应该很安全吧。

他的肩膀很宽，孩子坐着应该很快乐吧。

他可能会是一个胆子很大的爸爸，他用一个手掌托着小孩，小孩站在他手掌里，跟耍杂技似的玩转圈圈。

世上的爸爸都喜欢这么哄小孩。

他是最棒的爱人，无法用言语来形容我对他的爱。

我的爱人超级帅，他可以单手开车，也可以一只手把我抱起，他能帮我挡住所有的风。

2 月 18 日 15:17

上个月买了几十颗种球，祖宗似的供了一个月，其他的都纹丝不动，唯有这郁金香球，买的时候又小又干瘪，一度以为它活不长，就放在了不起眼的角落，今天居然看到了摇曳在风中的粉色郁金香，小小的一朵，自得其乐。

这植物，你看，都是各有各的家，各有各的魅力和灿烂，也各有各的花期和节奏。

人哪，就像这植物一样，一个人，也要有个家，这个家不只是单纯意义上一个家该有的东西一样也不缺，还体现在，你哪怕是一个人，也能打理成一个家的样子，让这个家快乐、殷实、富有。

而不断学习，让这个家有了丰富的生命力。

没有越来越邋遢的脸，也没有越来越走型的身材，更没有一无是处的无知，你浑身上下都跟干枯没有半毛钱关系。

我知道，维持生命力不容易，这世界上就没有容易的事，你多一项本事，就多一种可能性。

人生是不是很难，是不是很累很疲惫，只有挺住的人，才能拥有往后一切的好。

别做那个半途而废的人，使劲儿地，狠狠发展自己。

你始终是独立的，所有的掌控都是自己的。你足够优秀，足够有底气，足够把生活经营得幸福。

比如今天，我给自己定了个小目标，做个精致的人。

偷不得一点懒！

先天没有很好的皮肤，很好的身材，那就靠后天多多努力吧。

南南精致细节汇总：

1. 每天护肤（用好的牙膏，牙刷，沐浴露）。

2. 出门化妆戴耳环喷香水。

3. 懂点茶点知识。

4. 每天擦身体乳。

5. 包里常备口红，湿巾和护手霜，小洋伞，液体创口贴。

6. 鞋子标签要撕掉。

7. 同一件衣服不穿两天。

8. 吃方面要讲究搭配和器物造型。

9. 家里的东西整整齐齐，用收纳盒归类，做好标签。

10. 吃水果用果盘，削皮切开。

11. 浴室用香氛。

12. 卧室有蜡烛。

13. 客厅常有鲜花。

14. 小声说话是最大的精致。

3月3日7:18

每天我们都过着越来越繁忙的生活，也不知道哪天能够修行到只关心今天过得幸不幸福。

让更愉悦、更积极、更健康的生活方式成为主流生活价值观，这也是写作的意义和努力的方向所在。

我们控制不好情绪，一是我们不会自我调节，二是我们接触了太多让我们产生负面情绪的人和事。当我们的情绪受到影响时，适当地远离负面的环境，让自己平静下来。冥想一些快乐的人与事，或者一次远行，心胸开阔起来，再回头看之前的是是非非，一切也就释然了。很多矛盾的起因都是一些小事，不懂得退就会越搅越乱。

很多人在修行过程中，却又有很多妄念在飘动，就如同有两个心般，一个在修行，另一个在散乱。其实，这不是两个心在作怪，而是修行不够专一。当你隐隐地感觉有一个妄念在飘动的时候，说明修行也只是隐隐的感觉而已，并不够专一，因为心的特点和规律是“一心只能一用”。

还有人让你痛苦，只能说明你的修行还不够。

会痛苦、会生气都是修行不够。

除却心魔，心魔伤身。

我还会因为清水半个月不联系我，就难过到半夜醒来，心如刀绞般痛苦，是我修行不够。

什么时候能够做到，他哪怕一个月、二个月，甚至一年不联系我，我都能内心平静，那我就修行到位了。

修行到始终温暖如太阳而不是一张冷漠脸，内心始终波澜不惊，这颗心就修行到位了。

3 月 8 日 12:18

我的牙有点不好，做了一次刮牙周的手术，拆线的时候，牙突然像下雨一样，一颗掉了，又是一颗掉了，再掉不同的牙结石，没一会儿工夫，满嘴的牙全掉光了。

真真切切感受到生命无常，“没有什么会永垂不朽”“谁知道明天和意外哪个先来”。可能真的活到三十几岁还要重新用科技手段才能长出新的牙齿。

爸爸看我掉光的牙，突然就哭了。这是我长这么大第一次看到爸爸流泪，他哭了，哭得很伤心。父亲是一个什么事都放心里的人，很难观察到他的情绪变化，即使他非常难过，在我面前也会很坚强。

老爸一直在自责，觉得对我有亏欠。我刚生下来的时候，父亲还是个玩心很重的人，没有开窍，觉得多了一个我多了很多事。生下没多久就把我送到爷爷奶奶家，他骑摩托车送走我的路上还因为开得太快，我从后背的摇篮里摔下去了，走了很远他才发现我没了，回头找我的时候看到我侧着身子在小棉被里傻笑。

小时候我体弱多病，每回一生病，奶奶就会哭着打电话让我妈接我回去。我爸也不让我妈去接我，给点钱就打发了。

奶奶牌瘾很重，整天在外面跟人打牌，她不赌钱，就是打发时间。爷爷是个文化人，喜欢读书写字，养花养鸟。爷爷的后花园种满了各种植物，一到春天就绿油油的一大片，湿漉漉的像个天然氧吧。

天气好的时候，爷爷就带我坐到藤椅上，我坐在爷爷腿上荡秋千，累了的时候，就搂着爷爷的腰，躺在爷爷怀里睡觉。

直到 3 岁，有一天早上醒来，爷爷从床上滚下来，我哭着去叫人，说我爷爷从床上摔下来了，快去扶扶他，大人都过来了，可是我再没能见到爷爷。

奶奶再不愿意一个人带着我，坚决要让爸妈把我接走。爸爸又出主意，把我送到了大舅家。

大舅妈见我乖巧,不哭不闹,每个月给的生活费也比较多,就决定收留我。

我爸妈送走我的第二天，大舅妈就开始教我给鸡喂食，打扫鸡舍卫生，洗衣做饭，每天有干不完的活。活干不好就罚我饿肚子，任凭我怎么哭都没有用。

大舅见我可怜，时不时从楼下供销社的橱仓偷偷拿东西给我吃。但大舅是个妻管严，有一次被大舅妈发现后，就再不敢偷偷给我吃的了。

就这样过了三年，6 岁的时候，妈妈来接我。穿着非常洋气的冰丝套装，在这个乡下,她这个城里人显得格外高级,肤白貌美的样子,简直人间富贵花。

我面黄肌瘦，又土又唯唯诺诺的样子，大概没有人会相信我是她的女儿。

回到城市的家，我妈给我买了几件新衣服，还给我买了新水壶，带我去学校报到。去了两个幼儿园面试,都被拒收了。没有学校愿意接收我,理由是,我 6 岁了，十个数都数不清。

没有人教过我读书写字，除了干不完的杂活。累的时候，我也会很想念我在城里的爸爸妈妈和弟弟，但是我知道，爸爸早就说过，要 6 岁的时候，家里生意稳定一点了才能把我接到身边。每次被欺负想哭的时候，我就想，早晚我会离开这里的，我的妈妈会来接我回家。

好不容易熬到了 6 岁，好不容易回到了家，好不容易吃到了一桌从来没有吃过的山珍海味，好不容易见到了和蔼可亲满眼是爱的老师、看起来那么漂漂亮亮的同学们，可是我居然拿了人生的第一封拒绝信。他们都在告诉我：小孩，你不属于这里。

就这样，城里的幼儿园没上成，我又被送回到了大舅家，在三舅当校长的乡镇小学读了一年学前班。我在这里发奋图强，我不跟人玩耍，我埋头读书写字，大舅妈要我干活的时候，我会拿眼睛狠狠瞪着她，跟她说我要看书。

第二年，我终于如愿以偿回到了爸妈的身边，顺利通过了小学考试，成为了一名实验小学的学生。

我比其他孩子早熟，也比其他孩子冷漠无情。

我的同桌不小心把我的钢笔摔坏了，我硬是让他赔钱，还帮他做好了缴纳赔款计划，每天的早餐不能吃，早餐的钱给我，盯了整整一个月，钱凑齐后我买了一支一模一样的新钢笔。

班主任见我做事认真，一板一眼，让我管小组背书，有几个同学贪玩书背不好，我硬是放学后罚她们在教室给我背，直到背好后才放她们走。

我得罪了很多小朋友，也没有朋友，除了伊伊，她是我来到父母身边，唯一的朋友。

她愿意跟我做朋友，因为她差点掉河里，我拼了命把她救上来，她佩服我的冷静和老练。

而我，羡慕她小公主一样有人疼。娇滴滴的，阳光明媚，自带光环，我这个野丫头就应该保护她。

从小学到初中，在父母身边也只有九年时间。读高中我就开始住校了。

这九年时间，也是父母争吵最严重的九年。

吵得凶的时候，爸爸把衣柜的衣服都拿出来，堆到客厅，拿起打火机点燃，说是要一把火把这家烧掉。

也不知道他们具体是什么原因吵架，只知道常常三两句话就互相没有好脸色看，紧接着就是狂风暴雨，但好在，他们从来没有动过手。

爸爸的车牌号是0510，那是妈妈的生日。那段时间，我和弟弟每天都要准备被高分贝的吵架“炸弹”轰炸，偶尔我们受不了的时候，偷偷溜到楼下透个气，唯独这车牌号让我们相信，他们曾经很真诚地肯定过、欣赏过、爱过彼此。

就如我爱清水这般吧。

6月6日

今天，是我和清水领证的日子，是的，我们修成正果了。

我俩原本是要开车去买一盆花，车开到一半的时候，清水把车停到路边，他用橘红色的水笔在手里写下：Marry Me?（嫁给我）我接过笔，回了两个字“阔以”。我们就往民政局开了。车开到民政局停车场的时候才恍然大悟，我们没有带户口本，那就回家拿吧，毕竟此刻，没有什么能阻挡我们要领证的决心。刚把车门关上，我随意在双肩包里翻了翻，发现我的户口本在双肩包内袋。好巧不巧，清水的户口本也忘在车上，看来老天真的是太眷顾我俩了，我们真是天造地设的一对夫妻，没有什么能够阻挡我们成为一家人啊。

整个过程很快，十几分钟就结束了。回到车上，他叫了我一声媳妇，然后说：“合法啦。”看把他高兴的。

上午拍照的时候阳光明媚，刚拍完照就开始黄沙漫天，不过这黄沙，哪里阻挡的住一对新婚夫妇此刻的热情啊，这些黄沙也一定因为太喜庆所以跳起了舞。花也不用买了，朋友们给闪送了很多祝福的鲜花。

小时候总在想结婚是件离自己很遥远的事情，直到今天这个美好的事情发生，在拿到证的那一刻，虽然还是懵懂的状态，说实话，我像打了一场胜仗一样骄傲。

今天的晚餐超级丰盛：

Menu（菜单）

餐前小食

腌渍大竹荚鱼　茴香　百香果醋汁

前菜

低温苏格兰海螯虾　卜卜米塔塔

长鳍金枪鱼排韩国彩椒榛子酱

汤品

北海道扇贝　稻香米　鱼高汤

主菜

油墨鱼番茄意大利面

爱尔兰汉普夏猪肉配有机南瓜菌菇酱

爱就是在一起吃饭，一起回家，没有比这更幸福的事儿了！

第十三章　他变成了粉色湖泊

我做了第二个奇怪的梦。

有一天，清水先生变成了巨大的石头，从天上砸下来，落在了地上，被砸的那块地变成了粉色湖泊，成了奇观，游客纷至沓来跟它合影。

他彻彻底底没了双腿，失去了自由，永远要在这块地方做一块人见人爱的湖泊。而我并没有成为他身边的那棵树，我还是一个活生生的人。

我又开始写日记了。

7 月 10 日 14:18

在 7 月的一个清晨，清水就突然消失了，没有打一声招呼也没有一点征兆，距离我们领证才一个多月。他像是从未来过我的生命中一样。

我总以为这段感情经历像是被下了蛊，丢了魂，我俩会开始，会不告而别，甚至会走到这一步，似乎都是冥冥中注定的一样。

就像深海的两道光相聚了，融为一体了，但最终会回到各自的水域去。

空窗这么多年，突然遇到意中人给我发出好感的信号时，我就像溺水的人终于等到了救援一样，身心都被占满了。

我为这场幸福，付出了所有的努力，连代表合法性那张证都拿到手了，依然无法修成这段感情的圆满。

别人的盖世英雄只不过敲错了门，惊扰了我，却没想到害我不浅。

当初为爱有多痴狂，为爱付出了多少真心，今天就有多狼狈。

我现在是“戒毒期”，很煎熬，“毒瘾”也随时可能再犯，不受意识控制。这一秒清醒，但自己都不知道下一秒的自己，是不是满脑子想的还是要千方百计回到他身边，要不顾一切去找他，要再一次信誓旦旦跟他做一对恩爱夫妻。

“戒毒期”的神经系统就是这样对立的、失控的状态。你不知道这“毒瘾”哪一刻会犯，只能在犯的时候，努力找其他的事情去转移注意力。

一定要下狠心，不把这“毒”戒了，你永远过不好这日子。

止住血，才能往前走。

远离敏感源，切掉，才能及时止损。

若经过此番折磨，能做到不为情所困，过正常人的生活，那真的是人生前进的一大步。

我现在还在生病，还在治疗，我得治好这身病，才能过正常人的生活，再去谈幸福，现在只要能把这“毒”戒了，我就胜利了，就一定能获得新生。

我这病，很难治，很多时候我以为自己已经痊愈，可不知道哪一天心里的“毒”又会猝不及防开始泛滥。我发现自己又得从头来过，周而复始，恶性循环，每重复一次，都会大伤一次身体。

一定要靠自己坚强的意志力扛过去，说什么都得扛到恢复正常的那一天。在这之前，我不能有半点退缩，“毒”不戒，永远无法重启生活。

这个生死劫，我不越过去，就会死在这里，永远出不来，永远得不到重生。

不要天真地以为自己刀枪不入，百毒不侵。

何况你现在什么药都没得吃，全靠意志力，本身就有很大难度。

割断一段感情，对一些成瘾重病患者，某种程度来说，在一段情感创伤中进行自我痊愈，完全靠的是意志力。

7月15日15:18

从地狱爬回人间。

开始新生活的前一天，身体里有两个声音在对话。

一个声音在问："都准备好了吗？还会爱他吗？"

一个声音在答："我真的不能确定，我感觉我很难做到。"

每个人基因里自带的东西是不一样的，每个人经历一些所谓的伤害，所对应的承受力也是不一样的。

有些人会认为失恋这种事情，一辈子都不知道是什么感觉，甚至对一些为情自杀的人感到不可理喻，很难去感同身受。有句古话说："夏虫不可以语冰"，夏天的虫子，从未感受过天寒地冻，怎么能感受到冷的滋味，大概就是这么个意思。

存在即合理，一人一物，甚至当下的每一个情绪，每一个念头，真实存在，就必然有存在的价值。

远离那个人也是一样，其间的难受也是非常难扛的，你甚至都不知道自己的内心，在哪个不经意的时刻，会特别想要再卑微地回去找那个人。

陷进去的恋爱不仅会使身体产生抵抗反应，还会对神经系统的日常功能造成结构性改变。大脑的很多功能由神经细胞相互传导实现，其中扮演重要角色的是神经递质，比如多巴胺就是一种跟快乐有关的神经递质。

当人们陷进一段感情时，这些神经递质代替常规的神经递质，为人们制造快乐和愉悦的感觉。

感知越强，感受器和神经递质数量减少得越快，对感情的依赖产生得就越快，离开那个人后的痛苦也越大。

当你和他在一起时，你的神经系统受到荷尔蒙刺激后会使你感觉极度愉悦，但这种刺激过大，一旦跟这个人分开，身体会形成一种相反的机制，造成一定痛苦，只有当内啡肽产生以后，抵消过度愉悦和过度悲伤的刺激，人体才会真正恢复正常。

这个过程会相当痛苦，重度失恋患者会活得生不如死，少则月余，多则年余，因此对于大多数人来说，从一段感情中走出来极难。更何况成功走出来后，如果在不经意间看到或听到跟这段感情有关的事物，条件反射般地又会拉你回去，很容易再次崩盘。

他已经影响了你的神经组织，一定要远离，还要远离一切与他有关的，会可能引起条件反射的事和物。

当所处的环境再也接触不到这个人，目光所及也无法再联想到这个人，同时能有其他新奇好玩的外部环境刺激大脑，久而久之，你的神经就能封存这一块的记忆。

9 月 12 日 16:18

我们并非天生具有从苦难中恢复的能力，但这种能力就像肌肉一样，是可以锻炼出来的。

把一场失恋当成苦难，或许很多人会觉得矫情，会觉得失恋这件小事不值得一提。

人世间的苦有千万种，饥饿、灾难、意外、疾病，可能任何一种都比失恋这件小事苦。

但只要是被爱过、被捧过，而后又被摔过、被伤过，这件小事的杀伤性就极大，不比你所经历的任何一种苦小。

我们失恋的时候为什么想哭，因为失恋这种东西，偷走了所有人做梦的能力。

而恢复生活和做梦的能力，通常需要一个漫长的过程。

爱从不听话，人们试图给爱建一个美好的房子，它却在草坪里就出生了，布满荆棘。爱充满生机勃勃，也充满凶狠。

而那些在凶狠里走过的人，都知道其中的滋味。所有人都尝试忘记，希望自己失忆，更不愿再提起这段苦，仿佛它根本没有存在过一样。

你经历极具打击性的灾和苦，但没有灾后重建的过程，你的生活也没有推倒重来。没有人告诉你，你需要去进行心的治疗，需要关爱。因为你看起来跟正常人没有两样，你全身上下没有一处伤口，你跟一个健康的人一样在行走、在吃饭、在学习、在工作。你所有的伪装都没有被撕开，只有你自己知道，在这个过程中，你垮掉了多少次，而这一切，都只能自己消化。

不管现在的女孩有多独立，困于某段感情的依然比比皆是，这可能是我们毕生都无法逃离的弱点。也可以说，我们无法逃离的是“人类情感”，今天多样化的“人类情感”，都构建于原始朴素的“感觉”与“情绪”，它就像人类进化过程中所催生的各种新技能，“人类情感”也是进化的产物，并衍生出了道德感和价值感。我们的祖先，依靠“原始情感”而趋利避害，走过亿年。

我在两段感情中吃尽了苦头，我跟千千万万在感情中容易受伤的女孩一样走了这么一段进化的路，与其劝你远离爱，我深知，爱和伤害一样，无法逃离。所以我想总结一些诸如“如何走出失恋或离婚”的经验分享给你们。

经历了一段没有结果的恋爱，并不是什么见不得人的事，也并不是一件会打倒你的事。那些诸如“男人是靠不住的”“我劝你先谋生再谋爱”的毒鸡汤根本救不了你。

首先，要承认自己眼下遭遇了这一件事情，你如果能够清楚地察觉到自己的经历和当下的感受，已经强过了一半的人，承认自己不太好的体验，不太好的感受，你付出了真心和所有，依然付诸东流，这种绝望的感受真实存在。其次是，在这个难熬的当下，你要做的是，多去尝试不同的事情，多转移注意力。最后就是耐心等待，时间一定会把你送往下一站。这个下一站，可能是新的感情，也可能是自己热爱的事情。

当一个人处在社会环境中，各种各样的关系流动着，再多的矛盾和摩擦，再离不开的人，也会被冲刷得荡然无存。

我细化了以下几点或许可以帮到你：

1. 接纳自己的遭遇，并接纳自己当下真实的感受。承认当下自己处于很难受的状态，抱抱受伤的自己。

2. 扔掉所有能让你想到那个人的物件，远离有那个人的空间。这些熟悉的东西会诱发你的情感冲动。

3. 当你一陷入关于这段感情的回忆，在一开始有念头的时候，赶紧离开当下的磁场。比如，你躺在床上，想着他为什么会离开自己，这时候，不要在床上睡着了。

4. 让自己忙碌起来，去做一点事情转移注意力。这个时候你可以尝试去抄书，听音乐，打扫卫生，化妆，给朋友打电话或是吃东西。反正任何一个眼下你还能提起兴趣去做的一件事情，等你做完，你会意外发现，上一秒还在的痛苦似乎不存在了。

5. 在整个过程中，一定要保持战斗力，给自己加油打气，相信自己可以很快走出来。在这场战斗中，只有你自己能救自己出来，没有人能帮到你。

6. 等你感觉自己已经完全走出来了，恭喜你，又成长了，这个时候唯一需要做的就是，再也不要靠近你的病原体，否则很可能会前功尽弃。

第十四章　脖子上长了一棵树

我做了第三个梦。

梦到脖子上长了一棵吸血的树。一开始很小，再后来树就越来越大了。我每多一个恶习，就会长出一根吸血管。

那些我拼命想要掩盖的本念，都会刻在这棵树上，时刻吸着我的血，消耗着我。

它们是我命里注定的“毒”，碰不得。

第一层“毒”，是欲望。

当我只有1万块的时候，我想要的是20万，当我有20万的时候，我想要的是200万。

当我做了200万的生意，我想要的是开100万的车，住1000万的房子。我走上了一条靠信用卡、各种贷款满足自己各种超前消费的路。每次大笔大笔花钱的时候，没有一点点的自责感，只觉得自己有能力赚更多。事实上，超前消费确实是在一定程度上逼了我自己一把，让我绞尽脑汁去赚更多的钱。但我的赚钱能力永远赶不上消费能力，只会一次又一次让自己陷入困境。

更可怕的是，挣过一次快钱，我对钱的认识就变了，对慢钱、小钱再提不起兴趣，只想投机倒把碰运气。我的好的习性和品德都丧失了，等待我的就只有漫漫无期糟糕透顶的日子。

公司破产这几年，我都是在恐慌和焦虑中度过的，每一天都是还款日，自己都记不准到底欠了多少外债，拆东墙补西墙，惶惶不可终日。

自尊这个时候已经掉了一地，所有人都知道你在外面欠了很多钱，要成为老赖了。你开始夜夜失眠，神经衰弱，这个时候还谈什么幸福和快乐，活着的每一天都是一种煎熬。

人为刀俎，我为鱼肉。尊严和信誉被碾压成渣。

我负债累累，只好变卖在上海郊区购买的小房子，这个唯一证明我在上海勉强立足下来的资产。因为急于出手，中介找我要6万块服务费，我二话没说就答应了。只要能搞到钱，你不会问利息多少、划不划算，你只关心，什么时候能拿到钱，什么时候能从各种逼债中脱身，洗心革面，重新抬头做人，不用再东躲西藏。

真正的一无所有，颜面扫地，是欲望把我一步一步推向了深渊。

血的教训，告诫每一个人，再困难，也不要去碰那些危险的东西。

跟自己收入水平不匹配的消费，这就是你不能去碰的“毒”，但凡你疯狂买东西，你在别的地方就会耗损，比如时间，比如不能专心读书，比如会睡眠不好。这是老天爷给你的惩罚，也是给你敲的警钟，提醒你不要再犯同样的错误。只有降低物欲，才是唯一的出路，不是说降低物欲是你提升自己的方向，这是你必须要去修行的方向，命里，你享受不了物质的福气，就不要侥幸去碰。只有降低物欲，才能到达修行的地方，生活才能往好的方向发展。命里无福享受，大道至简。

万事万物都有一个平衡点，无一能幸免。放到婚姻上也是如此。

从古至今，势均力敌、门当户对的婚姻才是最好的组合。在物质上精神上都高度契合，踏踏实实的更好，也是因为彼此能走到今天的位置，都付出了能力范围内的努力。如相差太大，就很难有平等，如果贪图一个男人给你的财富，你就势必会在另一方面去受苦，有可能是丧失话语权，也有可能是毫无家庭地位，还有可能是聚少离多。没有平白无故而来的财富和天上掉下来的白马王子，如果你的福报不够就接不住，即便接住了，后面也会吃一些苦头，所谓的福祸平衡。

不去碰你命里的“毒”，接得住福，吃得起苦，才能有弥足珍贵的幸福。

第二层“毒”，是负面情绪。

我是个有灾难性思维的人。我的灾难性思维可能强过很多人，可以说，我没有任何一个时候觉得自己是优秀的，没有任何一个时候觉得自己把事情做得很漂亮。我的灾难性思维缘于过去失败的经历。

读书的时候，我偏科偏得厉害，几乎所有的时间都花在学习上，可却是千年老五。

读高中的时候，班主任跟我说体育成绩不好，会影响高考，于是我每天早上 6 点半开始在学校操场跑步，风雨无阻整整坚持了一年，结果高考体育还是不及格。

高三那一天，整个年级，我最早起床，最晚睡觉，可最后我离理想的大学录取分数线就是要差 1 分。

你说，是不是有些绝望。从此，我骨子里已经刻进了“无论怎么努力，我永远无法做到最好”的想法，心理学把这种想法叫作“习得性无助感”。这颗种子就在我身体里，生根发芽生长，影响着我的思维和行为，而我自己丝毫没有感知。

我的消极情绪在心里扎了根，导致我这些年没有干成一件事情。而我在 35 岁之前，几乎没有意识到这个事情的严重性，它可能会让我陷入另一个深渊永远走不出来。

再怎么努力，创业也失败；再怎么努力，感情也修不成正果；再怎么努力，也积累不了财富。仿佛进入一个无法挣脱的死循环。

后来我开始接触积极心理学，我的生活也发生了翻天覆地的变化。

我参加了一次半马，居然也跑完了，拿了一块牌，我先天条件不行，但我有很强的意志力，我能够坚持跑完已经强过了很多人。

我尝试去重新学习一项自学了几年都没学成的体育项目，游泳。这一次我花钱请了专业的教练，整整学了三个月，我奇迹般地学会了游泳。我开始思考，或许，那些年少时怎么努力都没能开发出来的运动细胞，它的激活时段是在 35 岁。

我还去申请了一个心理学硕士，整个备考过程对我来说非常轻松，结果我如己所愿收到了名校的录取书。

一时间，对自己这么多年的无能和无力感，都释怀了。分析这一年的改变，真的要感谢积极心理学让我看到了另一个自己。在反复的试验与调节中，我摸索出了一条适合自己的方法论，也分享给正在陷入人生大大小小困境的你。

这是一套我自创的积极心理学方法，可能没有特别强大的理论依据和大数据支撑，但这套方法，确实帮助到我自己和我身边的一些朋友，以及一些信任我、一有困惑就找我谈心的人：

一、全方位创造一个积极环境

1. 每天早上自我激励：你今天状态真好！

2. 选择看积极的新闻。

3. 选择听积极的话。

4. 选择积极的生活环境（所接触的环境保持整洁干净舒适）。

5. 建立积极的意识。

6. 每天睡觉前，用手机记下今天值得高兴的三件事情。

要意识到自己不是一个单独的个体。你身体内带着父母、祖父母和祖先的基因，你是他们的延续；你身体外跟着运气和福气，你要维持一个好的内外环境，让它们跟着你，舒适开心，才能长长久久地留下。再比如说你想让自己变温柔也是一样的，让你周围环境都变温柔，你才有可能感染一点温柔。

二、培养正向能量

1. 养成幽默思维：我也太幸运了。

2. 选择思考事物好的一面。

3. 离开当前的负磁场，做其他事情转移注意力。

4. 找到造成情绪波动的敏感源，切断。

5. 接纳自己的遭遇，也接纳自己当下的真实感受，根据自己的情况，对症下药。

这里我举一个例子：

有一天，闺蜜说晚上要来我家里吃饭，我欢天喜地地一早去准备吃的。

结果到了快吃饭的点儿，她说她有事不过来了。

这时候，我的情绪就有点爆炸，我忙活了一天，一桌丰盛的饭菜都摆好了，你轻巧的一句不来了，随即又回忆起之前被放鸽子的点点滴滴，恨不得立刻就跟这个人绝交。

我开始意识到自己有这种糟糕的情绪，这一次我没有放任自己的情绪，我试着用积极心理学方法来进行调节。

首先，我跟自己说：“这也太刺激了，好玩。”

再想想好的一面，“我今天学会了一道新菜，多好啊。”

紧接着，我离开当前不对的情绪磁场，我出了门，去楼下的花鸟市场买一束鲜花，跟花店老板娘又学了几种关于花的知识。这时候我几乎已经把刚刚的不愉快抛到九霄云外了。

等我回来，把花插好，煲的汤也好了，这个时候心情居然是愉悦的，我拍了一桌美食和鲜花，发给闺蜜。

“你对我太好了，好吃的都留给我一个人吃，一个人吃四菜一汤，跟你做闺蜜实在是太幸福了。”

整个过程，你会发现，自己内心变强大了，懂得调节了，懂得舒展自己了，最后你会发自内心地感谢美食，让你的心情由低落到极点转换成感激生活，感知幸福。

发完照片，我故意几个小时不回她微信，一个人静静地享受美食。我猜她估计心里已经在千万般不安了。首先，闺蜜临时不过来一定是又有工作上的急事要处理，我也知道她肯定还没吃饭，发几张美图诱惑一下她；其次，我也想借图片告诉她，我有多重视这件事；再有，想让她知道这姑娘居然厨艺这么好；最后，风趣幽默和小俏皮化解紧张气氛，功劳反正都给她，夸她对我好，说跟她做朋友幸福，她这么聪明的人，还听不出我说的是反话吗？不管说的什么话，人的本性就是喜欢听好话。这样一来，她也知道我不生她的气了，二来自己过意不去。后来，她再也没有放过我鸽子。

多找找生活的乐趣，有时候换位思考很难，还不如幽默风趣一点，换一种方式思考，也可以收获快乐，如果往死里去郁闷，这个气出不来，害的是自己的身体呀。

定期维护：

1. 坚持运动（产生内啡肽）。

2. 按时睡觉（神经需要休息）。

3. 涓滴效应带回活力（产生内啡肽）。

4. 定期做一些新的尝试（产生多巴胺）。

5. 学会用精油调节情绪（嗅觉触达神经）。

这些情绪上的“毒”，一定要意识到它的危害，它看不到摸不着，但是一定会结成一个果子，在你身体里不知不觉长成一棵树的。调节情绪是一个循序渐进的过程，没办法一次到位，需要一次一次反复地去尝试，最后达到一个自己能够控制住的范畴，也就可以很轻松地掌控情绪了。慢慢你就会发现，你能够做情绪的主人，而不是一个被情绪控制、被情绪牵着鼻子走的人。

第三层“毒”是堕落。

全球性经济危机期间，我被迫离职，也无心再去找工作，怕麻烦，就每天在家无所事事，美其名曰创作。

不做饭、不打扫卫生、不再锻炼身体、不按时睡觉、不见任何人，也足不出户。

饿的时候就点外卖，东西胡乱放，衣服随便丢，白天就窝在沙发上或躺在床上刷手机，追剧到晚上12点。

这样过了三个月，仿佛被注射了太多的镇静剂，我已经失去了作为人的所有感觉。

下坡路确实很好走，既不费力速度还快。直到有一天发现自己卡里的余额不足1000了，我有点慌了。

明明没条件，却学人家潇洒生活，学人家混日子。时间久了，不知不觉就被日子给混了。

而你除了自己，还能靠谁？卡里的1000元花光，你就要流落街头了。十几年创业的财富积累，也仅仅只够你躺平三个月。

想调整状态不可怕，但好的状态什么时候来？还没等状态好起来，我的生活都成问题了。

放纵，是最大的内耗。

人一旦堕落，哪怕是短暂的几个月几年，上天都会以最快的速度，收走你的运气和福气。

人很容易在走下坡路的这个阶段，养成不良的习惯和思维，导致失去很多机会。

越堕落，越不幸。

我开始逼着自己去猎头和各大平台找工作，也碰了不少壁，工作十几年也没有积累核心技能，年轻人一批批，再不出来接受挑战，过几年真的是找工作都没人要了，所谓的中年危机，在你还没有意识到的时候已经是晚期了。

果然，树挪死，人挪活，一行动起来，求职之路就渐入正途了。面试了两家五百强企业，都被录取了，工资比原来高很多，这让我很意外。没想到处于中年危机晚期的我，找份工作并没有想象的那么难。那些写的“35岁，就等着失业下岗”好像也并没有那么可怕，我的工作经验也不是那么没有价值。

去了新的公司，新的环境，我感觉自己再一次充满了斗志。周围的同事一个个都很厉害，我也有了新的前进方向，过去在那片小天地，我就是最资深的，我的团队都得听听我的意见，到了新的地方，真的是全部从零开始。

一开始也会很不习惯，当我的方案被一群比自己小的同事当面全部否定的时候，内心也是崩溃的，但慢慢就接受也习惯了这种自由且带批判性的工作氛围。人和人的信任，都有一个过程，只要你花点心思，都会渐入佳境。

回忆这段过程，这算苦难吗？我觉得谈不上，只能说是一个小的变动，但就是这个小的变动，让我真正成长。我们每个人都渴望活成世界名著或者影视剧里完美的大女主，自身优秀，一切选择都由自己的天赋说了算。但不是每个人都有机会活成自己理想的样子，只有敢于接受挑战，走出舒适区，才能发现自己新的潜能。

不要感谢苦难本身，要感谢的是战胜苦难的自己。

堕落的“毒”，一定不能去碰。它最大的毒性在于：它会在无形中让你变成一个自己也瞧不上的人。

第十五章　清晨的奇遇

我去了一趟安徽黄山，参加越野跑，住在一个小村落里，也有可能是城中村。

凌晨 4 点，街边的呕吐物，散发着恶心的味道，你能清楚地闻到食物和酒精的发酵。

这种臭味常常会让人联想到贫穷。

路边随处可见的腐烂的食物，带着厚厚油垢和酸臭的衣服，街头巷尾都弥散着一股刺鼻的味道，哭闹的孩子，骂骂咧咧披头散发的女人，还有不务正业自得其乐的男人。

所有的谈话也充斥着低沉的滋味，都是一些有压力、紧张的话题。在这种氛围中压抑久了，人们的胃酸会立刻停止分泌，胃的蠕动也会暂停，这个时候食物没有充分消化，甚至无法通过胃肠道就会发酵，产生毒性物质，周而复始恶性循环，就再也无法摆脱贫穷。

贫穷家庭的女儿，一辈子也许都在受折磨。忙着养家糊口的父母哪里有时间管孩子，女孩小的时候缺少营养干瘦如柴，缺少家人的爱和关心，久而久之，小小年纪就带着一双满是凌厉的眼睛，每天要把地打扫得干干净净，把弟弟和哥哥照顾好，把头梳得整整齐齐。到了适婚年龄，就会与男性结为夫妻，生儿育女，活到中年，还要照顾因为生病乱发脾气的丈夫。

倘若一个男人给贫穷家庭的女儿带来希望，那便是最糟糕的事情，你会是她全家的救命稻草。

这种事情，是富贵家庭的女儿不敢想象的。

富贵家庭的女儿，哪怕闯入贫穷世界，依然不会有穷相，她的脸只会变成熟却不会变苦，并不是因为她在贫穷之地受到优待，而是因为她知道自己迟早有一天会回去。

富贵家庭的女儿有的是家庭的自信，永远有为你遮风挡雨的家人，而穷人家的女儿是没有的。

在这些偏远的小村落，这样的穷人家的女儿比比皆是，你难以想象这些女孩的生活和遭遇都发生在现代社会，她们无法接受教育，也无法拥有童年，十几岁就去镇上的纺织厂做临工，等到了合法年龄，再转成流水线上的女工，等待生儿育女，等待老去。

这些女孩有时候会结伴到镇上卖自己绣的手帕，她们一早走两个小时的路到镇上的市集，路上湿漉漉的，特别是下坡路，滑得很。她们手拉着手一路有说有笑就到了目的地。女孩们背着麻布袋，里面是她们连着几个夜晚赶工的作品，白天工厂做女工，晚上熬夜做私活，勤快一点总归是没错的。到了镇上，几个女孩就推销各自的作品，各自欣赏一番，支好摊位，就等着人过来瞅瞅了，只要有人能往这边看上一眼，她们就总有办法出手一件作品，补贴家用。

大概忙到下午 2 点的时候，她们才能闲下来吃上一点东西，喝一口水。吃的是从家里带出来的白馒头，父母一早起来做的，再加一点自家泡的酸菜，就算是解决了一天的伙食。到了晚上 8 点左右，她们几个再收拾东西，结伴回家。回家路上比来时更欢快，因为她们一天收获很大，又有说不完的话，大致就是今天碰到的买东西的客人，比如李太太，每回她们过来，都会买上十块，再比如有些人会问手帕上绣的是什么，绣了多长时间，也有些会问，多大年纪了，有没有嫁人。

总归每一次的赶集，就是一次丰富的人生经历，这些汇成了她们的谈资，也让她们浑身都是喜悦。

她们似乎从未对生活丧失信心，也从不需要别人的怜悯，她们相信自己无论生活在哪儿，无论嫁给谁，都能自给自足，都能支撑一个家，她们有着强烈的自尊，而这自尊让她们活得快乐。

等到谁家培养出一个大学生，那这日子就差不多苦到头了，孩子大学毕业，自己没准还能去大城市看看，坐在孩子的单车后座上，看看美丽的大学校园。

这些女孩拯救了女孩，她们年少时一起吃苦，老了一起带孙子，她们也许会谈论起，谁谁谁买了她们的手帕，现在那块手帕还在给大孙子擦口水，她们还能一起研究如何用抖音卖货，只要一个人学会了发家致富的办法，那这一群女孩就都能多一条路，她们总能在生活中找到希望，也总能在勤劳中收获尊重。

女孩总有办法，或贫穷或富贵，总有办法圆满。

在黄山领取越野跑装备的时候，居然遇到了思琴，我们两个在宏村聊起了这些年各自的变化。

因为创业失败，我由中产阶级一步跌到穷人谷，债务缠身。

多巴胺跌到低谷的时候，需要一场运动来拯救自己，所以我参加了越野跑。至于思琴，参加越野跑大概率是因为热爱。

宏村跟很多古村落不同，它保留了原汁原味的感觉。

古色古香的徽派建筑群，青砖灰瓦，山水相映，明沟暗渠，排排坐写生的美术系学生。这里的每一片山，每一道桥，每一丛花，都是那样悠然自得，绝不随波逐流。行走在村落间，从村头到村尾，从后山到前湖，仿佛在山水画中待了一天。

这里的岁月，怕是压缩了风霜，只留一身清白在人间。

客栈主人养了只傻白甜的萨摩耶，被硬捆着可爱的小黄鞋，湿漉漉的圆眼睛憨憨的睁得很大，舌头直直地伸出来，尾巴不停地摇晃，圆滚滚的就像一个大毛绒球，上来就蹭我腿舔我手，客栈主人说："别吓到了，它对每个人都这样，老博爱了。"

客栈里面设有一个日式榻榻米茶桌，提供免费两泡茶，祁门红茶和黄山毛尖。提供的餐食是地道徽派美食：地锅鸡，五城茶干，油炸毛豆腐，春韭拌蚕豆，胡适一品锅和琴鱼。

与一直备受追捧的淮扬菜、粤菜等菜系相比，徽菜确实显得低调许多。这般低调或许也与徽派文化追求的"终身平静"有着千丝万缕的联系。

徽菜讲究原汁原味，一般就地取材，以鲜制胜，追求本味。重视用油，重视火功，重视菜品的光泽度。安徽耳熟能详的三种美味：石鸡、石耳、石斑鱼。石鸡是安徽山间的蛙中之王，天然而极其鲜美；石耳则是生长在悬崖峭壁之上，产量极少而香气浓郁；石斑是野生溪水小石斑。当地人惯常的做法是，简单过油，用蒜泥和酱汁红烧出来，肉质绵白鲜嫩。

徽州的发酵美味代表，我认为也有三绝：徽州火腿、酸豆角、鱼冻。

酸豆角之于安徽人，就如同泡菜之于韩国人。一碗阳春面，一小碟酸豆角，徽州人开始了一天的忙碌。

徽州人家家户户擅长制作传统腊味，从选料、整形、上盐、腌制、清洗到日晒六个步骤，各有各的独门绝技。徽州火腿皮肉干燥，内外紧实，由内而外，硬气得很。吃各种杂粮长大的八戒，一年就等这一刀，在最后一刻用它破出天际的嘶叫声欢迎四海八荒的亲人回家。一只猪会分为多个部分处理，一般四肢都是拿来做火腿。用大桶盐浸泡 45 天，洗净晾晒风干。

鱼冻也是徽菜一大特色，安徽素有腊月吃鱼冻的习俗。一大碗平整的鱼冻上桌，鱼刺早就被挑出，蘸上上好的香醋，鱼肉裹着鱼冻，冰爽鲜滑十分过瘾。真是凭你放出味，只万种风情啊。

我们就这样边吃边聊，思琴跟我说起了她这些年的起起伏伏。那个对她好的老男人后来因为民间集资被抓了，她的经济来源也断了。去年冬天，思琴的母亲因乳腺癌去世。思琴离开那个老男人后，从零开始做微整容顾问，慢慢积累客源，拉了合伙人，开了连锁微整形医院。虽说过去的每一个生意都以失败告终，可这次做微整形医院，却还算是有声有色。

思琴说，被困住的那几年，生活就像一个死胡同，感觉生活没有四季，也没有色彩，每天都会被内心的道德感和谴责。

走出那个胡同，发现一切都打开了。现在再回望那段见不得光的岁月，好像是很多很多年以前的事情了。

春天里依旧花团锦簇，管你期不期待，都会有鸟语花香，就好像每回春天来的时候，过去不好的事情都烟消云散了。

谈起母亲，思琴的眼里还是会有眼泪。一生要强、爱慕虚荣的母亲，说到底，只不过是深陷在以自我为中心建立起的迷惑系统，为了让这个系统更稳定，更优越，无形中葬送了一生，也拉进了女儿的半生。

这个系统，就像是母亲自我建立起来的一间地下室，时刻想要逃离阴暗，又时刻迷恋着舒适。这间封闭的地下室，始终在强调自我的重要性、优越性，同时防范他人。自从这间地下室建立后，就需要不断维护它，为它的存在服务，好让它更坚固，奔波劳累，心力交瘁，积劳成疾，此生不得安宁。

思琴也想给那些曾经跟她一样在感情中误入歧途的女孩一些个人感悟：

1. 要知道自己的能力点，你的能力才是支撑你未来幸福的根本，绝不是某个男人。

2. 不管多大年纪，永远不要害怕重新开始，因为只有重新开始，你才会知道自己可以重新活一次。

3. 永远不要忘记感恩生活和自我反醒。用欲望构建起来的人生，不易持久，也很容易崩塌。

4. 我们选择不了父母，但我们一定要选择正确的价值观。正确的价值观，才是代代相传的无价遗产。

第十六章　新伙伴的加入

我准备研发一款针对呼吸道感染的膳食配方，猎头竟然向我推荐了李孝子。

再见李孝子，他已经是有名的呼吸科专家，这让我万万没有想到，甚至有点喜出望外。

原来，离开悦耳湖后，他鲁莽冲动，不得不做父亲，也不得不卖掉自己的小提琴找份工作养活老婆孩子。

他叔叔介绍他去做医药代理，他才发现他父亲给的天赋和基因是医学，而不是音乐。

医药这条路走得格外顺利，后面又去医学院深造，一路跳到医学博士。

对他来说，学医很容易，那些组织和细胞在他脑子里很轻松地就能精准连成一体。

李孝子活了小半辈子，算是明白一个理了：人还是要靠自己的天赋吃饭。

那些年他拉的琴没法听，无论多努力，都拉不好，更别说靠这把琴吃饭了。可学医，他不需要太多努力，那些深奥难懂的医学理论知识和技术难点，可以很轻松地在他大脑中实现自我复制和迭代，他在非常短的时间就做到了行业精英。

我们大部分人是能够靠自身独有的天赋做到精英的，然而为什么精英还是少数？或许有两层原因，有一部分人根本不知道自己的天赋在哪儿；还有一部分人知道自己的天赋在哪儿，但用天赋做事，让他们觉得太轻松，没有成就感，他们选择抛弃自己的天赋，执着地想要成为另外某个领域的王者，走了一条跟天赋背道而驰的路，付出了一千倍的努力，到头来可能都很难成为这个领域的精英。

从另一方面来说，有些人成为了某个领域了不起的人物，而他从未渴望成为这方面的杰出人士，那自然是他异于常人的天赋帮了他。如果每个人都能从小看到自己的天赋，那这世上必定也会多出来很多杰出的人。

我们中，有一部分人甚至一辈子都没有看到自己的天赋。也有一部分人，一辈子都认为自己是个没有任何天赋的人。

能够在很小的时候就看到自己的天赋，并朝着天赋去走，这样的人少之又少。有些弯路，就是没法躲过，得一步一步地来，这才构成了我们蜿蜒曲折的人生。

要我说，能让一个男人在步入社会后抓住自己的天赋，迈向更大的成功，那估计就只有孩子了。

一个男人做了爸爸后，就再没办法去任性了，培养后代迫在眉睫，哪还有什么时间去想东想西。一个家庭，一个社会，对男人的期待和定义，永远跟个人能力和行业地位是分不开的，这也决定了一个男人是否有话语权，是否具有生存优势。

像李孝子这样桀骜不驯的少年，也开始发福，也成为了一名有威严的父亲，是老婆和孩子的依靠和骄傲。

责任和爱，让一个男人再也无法脱身，这一辈子就这样没日没夜地战斗，一刻都没法停下来了。

李孝子和儿子之间有一个暗号，李孝子每回下晚班回家的时候，就会在门口吹口哨，儿子一听到就知道爸爸回来了，会屁颠屁颠地跑出来迎接他。

儿子小奶音一叫爸爸，李孝子这一天在医院的疲累就烟消云散了。有了儿子真的整颗心都是柔软的，恨不得给儿子摘星星。

可有一回，李孝子还是把儿子弄丢了。

李孝子带着拉布拉多犬和儿子一起去参加聚会，离开的时候没觉着醉，本想着散步回家。带着儿子走走夜晚的小路。走了一会儿，酒劲儿上来了，两眼发黑，在马路边上睡了一晚上。醒来才猛地发现狗和儿子都不见了。急得赶紧给孩子的妈妈打电话通报情况。孩子的妈妈还没听他把话说完，就急忙报警，她报完警再将电话打回来，崩溃大哭，说什么都要跟李孝子离婚。

李孝子索性家也不回了，班了不去上了，吹着脖子上挂着的口哨四处去找儿子。可是口哨都吹破了，嘴巴也吹烂了，还是没有儿子的一点消息。

在孩子走丢的第三天，拉布拉多犬突然自己回家了，但还是没有儿子的一丝踪影。李孝子瘫坐在地上，把拉布拉多犬浑身上下倒过来观察了一通，这狗身上沾满了水，不知道从哪个沟里面爬出来的，狗没有饿瘦，应该是有人喂食，越想就越不敢想。李孝子紧闭了一下眼镜，猛地甩了几下头，好让自己清醒一点。李孝子一边试图找到一点线索，一边往狗身上狠狠地抽了几个巴掌，随后也抽了自己一巴掌。连一条狗都能自己回来，自家的傻儿子为什么都不会跟着狗回来，这个狗这么聪明为什么不带自己的傻儿子回来，只顾自己回来。最后悔的还是自己喝酒坏了大事，把儿子都弄没了，父亲泉下有知大概都不会原谅自己。

第五天的时候，民警接到路人线索说，前几日附近好像有个孩子走丢，跟寻人启事上的孩子模样有几分相似，民警上报指挥中心后遂与李孝子取得联系。

民警根据监控画面锁定一家半废弃的造纸厂房，李孝子在造纸厂上上下下翻了个遍，还是没有找到孩子的踪影。民警开始发动群众去寻找，这一次民警还添置了最新的夜视无人机装备，众人最终在一棵大树底下发现了李孝子的儿子，他家的傻儿子在呼呼大睡，身上都是被虫子叮咬的红坨坨，旁边还放着一堆吃的，有面包，奥利奥饼干，奶酪棒，还有几个苹果。

李孝子心里虽然激动，但这会儿不知道为什么，一点都不忍心打扰正在熟睡的儿子，刚想轻轻拿掉儿子头发上的几根树叶子，不料把儿子弄醒了，儿子揉了揉眼睛："爸爸，你去哪儿了，我好想你啊。"儿子说完就哇哇大哭，李孝子也哭了，只是没敢让儿子看到，很快眼泪又憋回去了，把儿子紧紧地抱在怀里，就再也没有舍得松手。沉甸甸的儿子，抱在手上，才是莫大的安全感。

李孝子心里的一块石头终于落地了。

我儿子回来了，我可太开心了！我的傻儿子啊！福大命大还能自己搞到食物！

回家后，孩子的妈妈看到李孝子抱着儿子回来了，抱着儿子就一阵痛哭，眼泪和鼻涕已经分不清了，一边哭，一边脱掉儿子的脏衣服，帮儿子洗澡，再涂上药膏，换上一身新衣服，给儿子弄了他最爱吃的虾仁蒸蛋。

哭着闹着要离婚的话也早已忘到九霄云外了。

儿子回来的那个晚上，哄孩子入睡后。李孝子和太太疯狂地融合在一起，以从未有过的热烈，甚至强过有生之年的任何恩爱夫妻。

在这一场来自妻子爱的救赎中，李孝子感觉回到了人生的起点，仿佛感受到了前所未有的生命的美妙和活力。他躺在妻子的怀里，妻子像对儿子一样轻轻地抚摸他的后脑勺，李孝子感觉有一股巨大的力量涌现出来，他的所有弱点在此刻既能袒露无遗，又能被这股温柔力量呵护洗净，随之而来的是喜悦、治愈，还有无限安宁的感受。

几天前，他们刚刚失去了儿子，今天老天眷顾，儿子失而复得。

这对夫妻在弥漫着消极和悲伤的情绪中度日，而今天，他们的儿子回来了，他们恨不得将这个喜讯告诉全世界。

他们紧绷的神经终于得到了放松，他们需要爱抚和接纳，他们迫切需要这一场酣畅淋漓的解放。

李孝子从此以后，滴酒不沾。这失而复得的儿子，再不敢弄丢。这枕边温柔的太太，更不想失去。

第十七章　会跳舞的冰激凌

项太太和项先生回上海老家了，住在弄堂里。弄堂里多了很多人，都是一些来上海打拼的年轻人，也是一群在渐渐失去雄心壮志的年轻人。

年轻人在上海待久了，会容易知足。上班路程只要一个小时，会觉得开心。地铁里没那么拥挤，也会开心。1.5 米的床换成 1.8 米的床，能开心一整天。

整个东亚，你找不到比上海更舒适的土地。在这里，每个人都需要有扛起风浪的能力或责任，每个人都要有让自己快乐的能力。

每当你走在市中心的大街上看行色匆匆的人群，你身上的每一个细胞都知道，你不会和这里发生什么深刻联结。所有人都是浅层关系，这里的奢侈品消费不是你的，明星网红不是你的，艺术文化不是你的，历史沉淀也不是你的，只有钱是从你口袋走掉的。每个走在法租界的社会精英，都会想什么时候才可以买得起其中一间房，让这个地盘真正变成自己的。

淮海路的夜令人仰望，就像无数精英中的精英，只有最强的才能留在这个区域，更多的人感受到的是松江的瑟瑟微寒。

在上海，最不缺的是优秀，漂亮，见多识广，有真材实学名校毕业的人。但他们中几乎没人相信自己能住上这里的顶级豪宅。上海的年轻人不敢做梦，更多的是脚踏实地。上海很能教会年轻人做人，教会年轻人看清自己在这个市场上几斤几两，比别的城市更露骨。

但是这个城市让人上瘾、暧昧、漂浮不定，奢靡和卑微同在。奢靡和卑微不止在这个城市同在，在同一个人身上也同时存在。

这座城市给外乡人的感觉，始终都是，努努力，好像“也许可能不一定”的感觉。

上层贵族把奢靡摆出来给你看，诱惑你，告诉你努努力就能和他一样了，但是，真的能努努力就和贵族们齐平的还是少数人。

上海打拼，生活能有点起色估计都是按照十年的周期来算的，这里多的是打拼十年，除了见了一点世面，其他一无所有的中年人。

但这座城市总会给你很多意想不到的善意和幸运，这也是你备受煎熬，依然离不开的原因。

若是有足够的财力，可以让孩子上很好的补习班、课外班，去看见更大的世界，每一种资源都可以为自己提供便利。但若是没有，在这里就是物质上匮乏，精神上崩溃。所有优质的资源自己踮起脚尖也够不着，与周围的其他人形成很鲜明的对比，给自己的心理带来更大的压力。

人生能够承受住的最高和最低其实更多的取决于精神和意念，但在上海打拼的年轻人多半是少了这么点精神和意念的，最普通的房子也要三四百万，而2万一个月就已经算高工资。更多的是睁眼上班，闭眼睡觉，加不完的班和坐不完的地铁，甚至连唉声叹气的时间都没有。多的是生活在底层的成千上万的年轻人，即便是买了房留下来，也是缩手缩脚的，这才是更真实的上海，它与任何一座城市无异，甚至更多一份狼狈。

未婚适龄人群是主流，大龄单身女青年一抓一大把，情侣之间也充满算计，总之，真爱对这座城市来说太难了。

这座城市的男男女女更在意的是自我的赚钱能力，大家追求的留在上海的目标，实现难度在不断提高，他们很多人都不止步于能在上海生存下来，他们的目标可能更多的是要进大企业、开公司、当老板、买大房子。都是为了留在上海，出人头地。

这里的每一个年轻人都懂得，人还是需要积极向前看的，不能固步自封，闭目塞听。因为无论什么遥不可及的理想和惊世骇俗的困难，在拥有前瞻性和韧性的个体面前，都将变得不堪一击。

说到底，你只要有底气，有赚钱能力，甭管在哪儿，甭管压力多大，都能让生活开出花。

项太太和项先生每天都会为这些住在弄堂的姑娘操碎心，一个个三十四十好几了，还一个人悠哉乐哉地晃悠着，真是皇上不急急死太监咧。

不要紧，不要紧，她们眼下可能比谁都过得轻松自在呢。

30 岁出头的单身女性情况普遍良好，物质充足，情绪稳定，开心度日。

她们也都是很期待爱情的人，她们都渴望拥有一份双向奔赴的感情。

她们买了很多鲜花和高跟鞋摆在家里，积极参加各种社交活动，甚至会在相亲网上掏 29800 的会员费，然而还是脱不了单。

失落总是会有的，偶尔也会对爱而不得黯然神伤，但她们从未丧失快乐的能力。

毕竟对于她们来说，脱单这件事情，比起减肥这件事，简直微不足道。

她们对于减肥的热情几乎超过任何事情，且每个人都有一套减肥的看家本领。

她们总能做到一边吃着爱吃的东西，一边疯狂减肥。

她们深知口腹之欲无法阻挡，只能不嫌麻烦，吃的东西称重换算它的热量，不厌其烦地估算每份食物的热量缺口。她们还有着清教徒般的苛刻，每餐必细嚼慢咽，凡经过嘴的食物必滤盐滤油。更绝的是，她们每次约会前，都会轻断食一天。

有一派是信奉“过午不食”的，戒肉食素，不吃五荤。早上起来的时候，胸和胃都是挺起来的，到了中午就成鞠躬状了，熬到了晚上，躺在床上，就像焉掉了的黄瓜，浑身疲软了，只能靠时不时来个孙悟空侧翻转移注意力。

前一阵子流行辟谷减肥，三天没吃饭，低血糖从楼梯上摔下来，进了一趟医院，又抓住机会辟谷了三天，出院的时候，瘦了五斤，父母已经眼泪流干了，她们还在偷着乐。

也有意志力抵不过肚子叫嚣的时候，那就疯狂喝水，可有时候喝水也会长胖，减肥这件事除了靠努力，还要靠玄学。

减肥自然离不开运动。

小腹突出，肚子大？胖到没有轮廓？没有什么是一张健身卡不能解决的。

卡也办了，私教的钱也充了，这下再减不下这肥，天理不容了吧。

女孩们5点半起了个大早就来健身房，被自己减肥的决心感动。一来健身房才发现所有女孩都是早起的鸟儿，她们比你更早一步挥汗如雨，她们还都是化好妆过来，你明天估计得5点起来。要是不用上班挣钱，我估计这群女孩会天天泡在健身房。

杠铃硬拉、深蹲、蹬腿、负重夹胸，聚精会神全情投入，在龙门架和跑步机前被驱赶的日子简直是人间天堂。

女孩们还有一个执念，就是一定要出一头汗，热气腾腾那种，还要互捏对方的腰。

女孩们减肥期间得了一种病，就是看自己身上的哪儿都觉得尺寸大，胳膊粗，腿壮，屁股肥，肩膀厚，脸圆，甚至连头都觉得大。看到丰乳肥臀的字样，都想离得远远的。

这期间女孩们的健身装备投入自然也不会少。运动鞋没超过 8 双那都不能证明你跑过步，健身服专挑高科技的，因为科技有穿透力，满足你穿上它锻炼能瘦十斤的幻想。健身手表女孩们却很少换，因为这世上没有最好的健身表，最好的那一块永远是打破最低体重纪录的那一块，而这个纪录被打破的频率比较低，自然也无需更换。

在这场雌性减肥的竞技赛中，你永远不知道她们有多努力。

找男朋友之前，先减肥。

换工作之前，先减肥。

见投资人之前，先减肥。

做自愿者之前，先减肥。

总之，减肥这件事具有绝对的优先权，最后这一堆事情没做成，罪魁祸首都赖在减肥没成功，而只要减肥这件事成功了，这世上就没有不能成功的事了。好在减肥这件事，门槛并不高，少吃一点叫减肥，瘦一斤也可以称为减肥阶段性成功，大马路上跑步可以是减肥，五星级健身房配私教也可以是减肥，更美妙的是，减肥这件事还能挖掘每个人潜在的创造性和探索精神，所以减肥这件事雅俗共赏，容易全民推广，也容易大范围被追捧。

就凭这热气腾腾的活力和决心，谁能抵挡得住呢。

到了来年夏天，每一个人都如同那猫头鹰一样，把所有关于脂肪的东西都啄开，瘦瘦的脱壳而出，轻盈飞翔。

这一群女孩中，只要有一个胖女孩能瘦身成功，教练就会让你相信，这一家健身房的女会员都能减肥成功，这整栋楼的女孩都能减肥成功，你全家上下的人都能减肥成功，这一个区的人都能减肥成功，这个城市绝不会再有胖子。

教练的战略就是“先让一个人瘦起来带动全村人瘦起来”，总之，没有一个胖子能在每一个教练的眼皮底下长肉。

女孩们对自己的苛刻，从未停止过。

女孩们也很容易被别人的成功点燃，别人的成功点燃了希望的火苗，但要让这把火在自家院子熊熊燃烧，还是要靠自己添柴加油。

不管最后有没有减肥成功，但踏足这件事情，就已经让女孩们焕然新生。

减肥前还是死气沉沉的，对任何事情都提不起精神，一旦步入减肥的坑，简直成了仙，醒来就猛练，每天都活在滚烫中，耳边萦绕的就是“努力！奋斗！加油！”

工作中的超负荷常常压得女孩们喘不过气，减肥这个时候扮演着重要角色，让她们宣泄掉了一部分的负能量，让一个个垂头丧气的女孩都明媚起来。至于瘦不瘦、瘦多少已经不重要了，因为总有一股万能的信念在驱使你向前，你一定可以瘦，如果当下还没有瘦，可能是你还不够努力。

要我说，减肥最大的魅力大概就是，你身边的每一个人，都能感受到这股扑面而来的正能量。

如果这股精神气散了，人也就失去了光彩，变成一堆真正的肥肉了。

项太太虽然年纪大了，但她对减肥的执着，不亚于任何一位女孩。

项太太的减肥秘诀就是，早上6点准点起来，每天跑五公里，营养早餐正常吃，午餐也正常吃，但晚饭是绝对不吃的。除了不吃晚饭，每晚还要沿着河道竞走半小时，每周断食一天。项太太逢人就分享这个妙招。只要你肯坚持，不出一个月，肥膘绝对可以减，肚皮就会像16岁时那样一马平川。

赶快行动，别再懒洋洋，也别再大吃特吃。

吃个冰激凌不怕，跳一天舞就是了，减肥最重要的是平衡。这是女孩们信奉的经典。

今晚的月色真美，女孩们都梦想着像月亮一样瘦，当然，女孩们祈祷的是初一细细的新月，而不是十五的滚滚圆月。

第十八章　稻田的后代

我驱车来到外婆出生的小镇，这一片都是白墙黑瓦的房屋，聚居着上百户的“肖”姓人家。肖家祠堂就静静地伫立在高高的山堆上，跨过一年又一年的风雨，默默地俯视着后人从出生到离开。每家每户都有着朴素的梦想，盼望孩子成为国家栋梁，飞黄腾达，带来整个家族的兴旺发达。孩子的乾坤未定，都可以是黑马，有的是可以拿出去讲故事的豪情万丈。

窗外一片竹海，门前一片稻田，一层层的石头梯子，篱笆爬满墙面。大自然的巧夺天工与村民的现代化房子格格不入，这里没有创新，每家的装潢都像是出自同一个包工头。清明节前后，沉睡了很久的泥土开始翻新，小草蠢蠢欲动，稻田被灌满清澈的山泉，不知道的还以为是一片连一片的湖，在阳光的照射下熠熠发光。这时候，如果你再从山上俯视，就会见到一面面晶莹透亮的镜子，山峰倒影，天边缠绵未散的晚霞入镜，一阵风来，翻滚的波纹井然有序，眼前的光影，绝对是一派琉璃之作。

稻田两边的两家人各种了一棵银杏树，一棵雄树一棵雌树。东边的雌树每年结一树的银杏，而西边的雄树啥也没有。雄树不久就被砍掉了，第二年雌树也不结果了，也被砍掉了。这树和人一样，活在这世界上，还得是成双成对，彼此成就彼此，否则没一个事能长久。

这里的清明年年都是晴天，老人扎堆带孙子出来放风筝。风筝样式也是千姿百态，有猫头鹰，有美人鱼，还有钢铁侠。老人弯腰伸出长满老茧的双手，把风筝和风筝线顺好，姜还是老的辣，不一会儿工夫风筝就飞起来了，引来别家的小姑娘一起追着风筝跑，两个小孩抢着要拿风筝绳子，急跳跳摔了跟头自顾自捧腹大笑。过了一会儿，风渐渐变大了，风筝线崩得直直的，老人的腰杆拉直了，脊椎病也治好了。

有时候风力太小压根放不起来，孩子们就拿着风筝来回跑，阳光和风筝在同一个方向，笑声和脚步也奔向同一个方向。

小时候我一到暑假就喜欢来外婆家里，喜欢跟着大人去扯蕨菜，搬了桌椅去后院晒太阳写作业，写累了，就沿着菜园子的路爬上去，走到稻田里，回来时兜里揣着泥鳅、河虾和小螃蟹，欢呼雀跃地一蹦一跳，各种鸟儿为我奏乐庆祝，除了斑鸠，剩下的只闻其声，不见其人。

外婆说我是稻田的女儿，从稻田来，身上长满了泥，长大了也是只有靠自己的命。

若硬要说我是稻田的女儿，那我大概就是稻田的后代，是父母释放天性，精心酝酿的产物。

尽情撒欢，自由驰骋，点燃野性，滋养激情，一声一声把春闹，一胎一胎把孩生。

孩子生了，大自然也就完成了它的首要使命，让世间万物生生不息。

越是处于大自然，你越会发现，世间万物都有着极强烈的繁殖欲望，哪怕面对潮湿、干旱、高盐、暴雨等恶劣环境，它们也一样会想办法结果子。

人类的繁殖主要靠女性，所以“爱情”这个东西就从出生那一刻，就根深蒂固种到了女性的大脑里。

女性的精神世界错综复杂，但大部分的女性一生为爱而活。任何来自外界、他人或财富的支持，都不足以帮助其获得更深层次的快乐，而爱情对女性来说有神奇的力量，有了爱情的滋润女性焕发了无限的活力。

随着社会的进步，女性魅力在部分人心中逐渐演变为跟男性平起平坐，魅力指数全由个人能力带来的物质和权力定夺。走到这一步的时候，她们估计已经下意识屏蔽了爱情，知道爱情这东西太虚无飘渺。

这样思来想去，这世界上最孤独的大概只有天上的太阳和月亮，只负责生产劳动，无法享受这大自然赋予的本能快乐，要真的让太阳也享受这本能的快乐，也想着生出几个后代，那这世界就乱套了。

蛙声伴月明，这声音清脆欲滴，一层接一层，像是爱人喘着生机勃勃的粗气，大汗淋漓地一遍一遍在耳边说爱你。蛙声越大，越是活力四射，被爱人包裹得紧紧实实的才是幸福生活啊。

人呀，也莫误了这春风。尤其是这夜晚的风，可以抚平所有受伤的心。这人间再大的疾苦，也都忘却得一干二净啦。

第十九章　越来越小的肚子

子木回丹麦了，他成了素食爱好者，他的肚子也越来越小，真是让人羡慕啊！

哥本哈根的街道，有丰富多彩的一面，童话色彩无处不在，再平凡的一个建筑，都仿佛有一个故事。这里的美食更是平易近人。

花样百出的三明治，细软的吐司底，上面的料非常用心，各色各样，堆成小山，食物合不上口，吃的人也乐得合不上口。

底层一般是店家自制的酱汁，放上三文鱼，搭配应季的蔬菜和腌制的酸黄瓜，可食花装点颜色，再配少许盐和丹麦黄油。一口咬下去，简直是把这个季节都吃进嘴里了。

丹麦酥也是随处可见，花样百出，发酵好的面团表层，撒满了珍珠糖和夏威夷果仁，面团中心卷入了火腿芝士。哪怕是远远看着烤箱的玻璃，都能感受到甜蜜。吃第一口的时候，脆香脆香，随即是爆浆，涌入口腔的是香滑软糯。

这里的海岸线悠长，还有丰富的海产资源。撬开一只肥美无比的生蚝，滴上几滴塔巴斯科辣沙司，挤上新鲜的柠檬，酸辣和鲜美巧妙地融合在一起，简简单单就能有绝对惊艳的味道。

这里的三文鱼有明亮的橙红色，脂肪纹路呈现出均匀的白色，再搭配手工山葵芥末酱，绝对是让你有味蕾记忆的低调美味。

也有烹饪过程繁琐的一些精致料理，让你口中有十几种风味交织，却又那么浑然一体，没有违和感。北欧精致料理菜系大多偏爱鲑鱼、鳕鱼和鲱鱼等深海鱼类，将鱼肉与黄原胶、鸡汤、橄榄油、海盐、胡椒、洋葱丝、柠檬丝等混合搅成泥，装入真空袋中擀成薄薄的鱼冻，85 度蒸熟，冰水冷却。装盘时加入开心果和花生打成的泡沫，画龙点睛，增加风味饱和度。

哥本哈根很多餐厅，除了提供非常棒的食物本身外，黑橄榄、芜菁、野果、青莱薹、生李子、新鲜草药、各色香料都得到了非常好的应用。

最大的惊喜还不仅在于食物的用心，在用餐之后，服务员通常会问你是否有兴趣参观后厨。等你一到了后厨，所有的厨师都会微笑着向你打招呼，跟你介绍这些食物是怎么准备的。在介绍食物制作过程的时候，你可以从北欧人惯有的冷静严谨的脸上发现一些难得的骄傲感。

比如餐厅的招牌菜脆皮烤乳猪，沿用的是德式的做法，精选出生 21 天左右、体重在 3—4 公斤的小猪仔，这些屠宰场他们都是亲自去考察过的，考察的时候穿的是能让猪宝宝心情愉悦的绿色杀菌服装，主厨会非常严肃地强调食材源头绝对放心。处理小猪仔的时候沿着脊椎从头到尾剖开，用各种新鲜香料里里外外腌制 24 小时后，放入陶瓷锅中加入月桂叶，再注满 2 公斤的水送入烤炉，背朝下腹朝上，外部 120 度，中心温度 75 度烤 15 分钟再翻身烤 1 小时。出炉后再轻刷碎蒜泥和猪油，最后用丹麦的啤酒汁滚上一圈。香浓酥脆，肉质鲜嫩多汁，筋骨完全软化，第一口到最后一口，简直香到皮囊，不舍呼吸。

子木的父亲生前最爱吃这脆皮乳猪，自从父亲离开人世后，子木就开始吃素了，后来成了名副其实的素食爱好者，身体也比从前更加健康。

子木研究生物学，回大学做着教授，还找了英国最好的出版社，出过好几本书，可惜买的人非常少，除了他的几十位学生为了写论文不得不买。写的书没人买这件事情似乎对他没有什么影响，人们更在意的是这是一位名校的教授，还出版过书籍，有自己的研究，再过几年，做一些学术专利，等到白发苍苍，在这个领域都算是有头有脸的人了，谁又会在意这本书的销量是多少呢？毕竟知识分子不沾铜臭味，更不会为了金钱去改变自己的初衷。

子木每周末会去他妈妈那里吃饭，老太太平时也很难见到面，有自己的一堆事情安排。这些年一直在外面，陪老太太的时间非常少，父亲走后，更觉得对不住母亲。

赚再多钱，去再多国家，依然觉得自己是没有根的，真正属于自己的还是哥本哈根，还是在母亲身边。虽然已经不太习惯这个国家的生活，点点滴滴都需要重新熟悉，但故乡还是故乡，哪怕是重新熟悉，所需要的时间也是非常短的。

这样过了一年，子木有了一个叫安妮的女朋友，他们也很快结婚了，有了个可爱的小孩。

子木活到这个岁数才明白，结婚生子才是正事。子木这个孤独的男人，体会到了前所未有的幸福感。

婚姻能够带给一个男人什么？一个男人为何要结婚？为何要将自己的生活跟另外一个人捆绑起来？在历史的长河里，这个捆绑的时间可能是一阵子，也有可能是一辈子。

这个答案绝对不是因为爱情，婚姻除了给你亲密关系，给你陪伴，给你无限力量，也给你关于未来的种种美好想象。

你会发现自己不再是一个人，而是拥有一个组织，你的喜怒哀乐都跟这个组织的成员紧紧地联系在一起。至于这结婚的对象，可能真的就是上天老早就安排好了。

她的高矮胖瘦，体态仪表，为人处事，家世家底，性情性格，都有可能不会是你梦中情人的样子，但就是这么个人，在无意间走进了你的世界，打破了你的孤独，也打破了你的生活节奏。她来得刚刚好，她拯救了你的生活，像是安排好的一样。

至于这个女人是不是会心甘情愿跟自己过一辈子，会不会移情别恋，这是所谓的婚姻无常，谁都掌控不住的。

该来的都会来，该走的也都会走。

并不是结了婚就一劳永逸了，人和人之间不会有平白无故的感情，需要靠时间积累。想让这幸福快乐延续，双方就要持续地付出努力。

子木的学生问了子木一个有趣的问题：

“子木教授，您认为利用基因编辑技术可以改善婚姻吗？”

子木觉得这是一个非常值得深思的问题，他用一封邮件回答了这位学生的问题。

“这位同学，你可以提出这样的问题，我觉得你会成为一名出色的生物学家和社会学家。因为你时刻关心着当今人类社会最大的婚姻问题。

“所有生命科学，来源于化学，而化学来源于物理，物理则来自于数学。这世间的科学都是相通的。能站在生命科学的角度思考婚姻问题，我觉得你简直是个天才。”

“婚姻，从本质上来说，是人类社会进化的产物。婚姻的目的虽然不是繁衍后代，但一段婚姻在很大程度上会诞生一个后代。”

“你再往前看看，这世界上存在最多的一类物种：细菌。

“我们每个人的身体中大约有500—1000种不同种类的细菌，大约100万亿的数量级。细菌繁殖后代的方式非常简单：一个细菌长大成熟了，就从中间裂开，变成两个，不需要依赖同类的帮助，就可以完成自我修复和繁衍后代。大多数细菌20分钟就可以分裂一次，光一天24小时内，就可以繁殖72代。而人类婚姻繁衍的后代最多六代。”

“每个细菌体内的遗传物质几乎一样，因为细菌祖先都是完全一样的。”

“而我们人类个体的遗传物质，一半来自母亲，一半来自父亲，祖先都是不一样的个体。”

“细菌只需要每天吃吃喝喝，到时间就自我分裂出两个后代，活得滋润。”

“而人类，就需要付出努力去寻找一个异性，要有一个叫做婚姻的东西，要沟通生孩子这件事，要在恰当的时机才能有后代。”

“这就能很好地理解，婚姻中为什么会存在各自各样的矛盾，因为婚姻一开始就是由两个不同的人类个体组成的，都有各自的性格和特点，这其中的矛盾和冲突自然就不可避免。”

“你是爱情的结晶，而不是一个细菌自生的孩子，也不是一个被塑造的理想的洋娃娃。”

“哪怕你父母在没有爱的情况下生了你，你父母体内的两个细胞在那个重要时刻要很相爱，要融合成一个细胞，才能结合成你。从本质上来说，你能存在的那一刻，你父母是相爱的。而婚姻一开始也大部分是幸福的。”

“而所谓的‘塑造的理想的洋娃娃’，就是你今天问题的重点‘基因编辑技术’的产物。”

“基因编辑技术，也被称为‘上帝的手术刀’，把所有坏的都切掉，把好的统统留下。”

“基因编辑技术已经发展到了你无法想象的地步，很多好莱坞的科幻大片正在一个个变成现实。你花一两千块钱做一个基因测序，就可以知道你身体里的基因的状况，知道你的基因问题出在哪里。而基因编辑技术，可以把你不好的那块基因剪掉，给你补充一个好的基因，这样很多疾病基因就会去除掉了，从某种意义上来说，未来，你从生命的开始就能被塑造成一个理想的人类个体。”

“我们现在已经能够利用基因编辑技术培育出富含维生素 D 的西红柿。维生素 C 含量能与猕猴桃媲美的生菜，一头世界首创的基因编辑双肌黄牛比传统黄牛生长速度、产肉率提高 20%。”

“如果婚姻，也能利用基因编辑技术，那确实是可以终结背叛、欺骗、冷漠和自私，更不会再有离婚。你所能想象的关于婚姻的美好，都能完美地通过基因编辑技术，你还在母亲子宫的时候，还是一个细胞的时候，就被编写好。”

“但这又会诞生第二个问题，哪怕基因编辑技术发展到了这一步，发展到能够用来专注解决人类婚姻问题，你就必须从孵化开始，跟那个和你一样也接受了基因编辑技术的白雪公主或者白马王子，生生世世地捆绑在一起了。而你在有意识产生的年龄，就会满脑子想着结婚。这件事，恐怕比婚姻本身更恐怖。”

“小伙子，我们还是不要浪费了人类社会宝贵的生物医药科技资源，婚姻这件事情，还不需要这样大动干戈。”

“从我们这一代开始，想办法把婚姻经营好，提升婚姻的满意度，潜移默化到我们的下一代，让它变成一种遗传物质，代代相传，这可能更具有实操性。”

“如果我们还在，对婚姻感到有一丝不幸福的时候，当这种不幸福还处于萌芽阶段的时候，就及时发现，并做出调整，那我们自身就能拥有幸福婚姻的基因编辑器。我们无法拥有‘上帝的手术刀’，但我们却能够成为自己婚姻的修剪师，随时随地，把坏的剪掉，把好的留下，时时修剪，时时观察它的形状，不让它在忙碌中变形，也不让它在争吵、抱怨和猜忌中四分五裂。”

“年轻人，我们一定可以是婚姻中的受益人。”

“今天早上，我美丽的太太给我烤了面包，我的孩子在我怀里拽了一把我的胡须，我回来的时候，会买一本我太太喜欢的书，晚饭后我们一家人会去公园散一会儿步，我随时带着那把婚姻的剪刀，我现在的幸福婚姻来之不易，我可不会偷懒。”

“有时候幸福婚姻的传承可能比财富传承和知识经验的影响力更大。”

“财富传承是存量式的，知识和经验的传承是增量式的，而幸福婚姻的传承是无限大的，受益几代人。财富守不住，怎么守都会被花光。知识和经验好一些，可以一代代传下去，这是家族的精神文化财富。而关于幸福婚姻的经营智慧，是家族兴旺发达的关键，祖祖辈辈和身边人都受益。小家好，大家才能好，整个民族才会充满活力，人丁兴旺。几世几代都可以选择用这个经验来经营家庭生活，这个比看着子子孙孙学业有成、为钱财劳累更欣慰。在成长的每个阶段，我们都希望孩子们能在短暂的一生中，不管他们是不是国家栋梁，他们是不是拥有财富，我们最希望看到的还是他们长大后，都能够家庭幸福，有爱人在身边，这也是一种家族血液里流淌的自信。

第二十章　暴风雨后的森林

温温一家人是最早离开悦耳湖的。温温的父亲是翻译官，所以这些年他跟着父亲，去了很多国家，见了很多树木。

温温从小就对植物痴迷。对小鸟、虫、鱼、虎、豹、狼等动物也十分喜爱，家里挂满了鸟笼，床底下还拴着神狗福尔摩斯。温温小时候的理想就是开个动植物园。

温温 10 岁不到就能独自走很长的路，爬山，上树，打被包，烧火煮饭，整理标本，后来又经过几年的专业训练，从植物习性、植物的茎叶色态、果实性状、搭配美学、材料运用、土壤改良到浇灌养护，一头扎进去研究。

温温最爱雨后的森林。

他觉得森林里的欢宴一定是开在清晨，无数的生命破土而出。

蘑菇撑开了小伞，木耳爬满了小树，各种颜色的浆果偷偷长出来，葡萄还滴着水珠。

土壤的潮润，松针的沁鼻，野花的温润，青苔的柔软，所有的气息跟雨水混合在一起，调制出世间不可复制的气息，连洒进来的一寸寸的光都是湿润的。

馥郁的草木，潮湿的薄荷，还有迷离的蝉鸣，神秘中又夹着温柔的气息。

温热和留香，芬芳和生猛，上蹿下跳，真实与生动一览无遗。

形状像乌韭，生长于石缝，攀缘树木生长的是一种名叫薜荔的桑科植物，通过服食能够治疗心痛。失恋了可以多吃一点，就不会心痛了。

植物的命名十分有趣，有以叶为名：比如两面针、羊蹄甲；以花为名：鸡蛋花、鹤望兰；以果实命名：罗汉松、蛇皮果；以根为名：慈菇、百合；以茎为名：铁线莲、佛肚竹；以色彩为名：金丝桃、银杏；以习性为名：千日红、睡莲。

自然界包含的信息量真的是太大了，光一些常见的植物名字就够你研究上一年了。

神龙架是温温的梦想之地。因为神龙架是国内唯一保存完好的一片绿洲，拥有 3700 多种植物。

在海拔 2500 米以上的高山区域，这里的野花已经寥寥无几，只剩下一片墨绿的针叶林。唯有龙胆科的美丽肋柱花还绽放着零星的花朵。路边岩石上分布着红花龙胆，细长细嫩的须，简直萌到犯规。河谷边有一些挂满果实的乔木、仿栗，种子被橙红色的一层壳包裹着，像极了刚出生的刺猬幼崽。

忍冬属植物随处可见，有着鲜红色的果实。山顶的落叶林下面，还静静地开着斑叶兰。

这里的高山风景的确妙不可言，放眼望去，四周都是茫茫的深谷望不到头。一派原始的生境与灵性，藏着各种好东西。

如镜的高山湖面笼罩着一层薄薄的轻雾，湖中停着一条小船，地面有一层厚厚的冷霜。

在海拔 2600 米以上向阳开阔的空旷地，有形似野菊花的一种菊科菊属草本植物，名字叫：神农香菊。虽然朵小茎细，但花、叶及根均具浓郁香气，因此被广泛应用于香料工业和日用化学工业，具有极高的经济价值。

父亲常跟温温说："做人，也要像这植物一样，自然生长，不扭捏，不装饰。"

走累的时候，温温会尝试把这些可爱的植物都画下来。温温画画的风格有些不拘一格，甚至带着一些野蛮生长的气息，他笔下的湖泊是粗犷的粉色，天空是摸不透的紫色，房子是桀骜不驯的彩虹色，稻田是一气呵成的莫兰迪色，小鸟没有羽毛赤裸着金灿灿的皮肤，植物的笔触细却是格外细腻，一茎一叶轮廓清晰，层层叠叠又栩栩如生。

温温作画自成一派，这世界上并没有所谓的"正确的画法"。只有适合或不适合自己的，画法因人而异，天赋也是此长彼短，关键是对色彩的应用驾轻就熟，审美系统杂而不缺核心。

先把光和影圈画出来，勾勒形状，用笔的力度需要形成微观体积感，只需用几种颜色来表现混杂的树林，白色加一点点柠檬黄调出暖调白，加一点点薰衣草调出冷调白，这冷暖就有地方安放了，其他的颜色也就随心情了，亮了就调一点点绿色暗化。最后让画布上已有的颜色轻微混合，用笔轻轻地来回扫过，散落的细小水珠在瞬间也有了明暗分布。交互的处理，明暗与光线投影比例的恰到好处的布局，色彩交织，写实与虚影结合，正与反的对比，正是风景画的独特魅力。

在探访森林的时候，通常是吃干粮，其他小伙伴都是带的压缩饼干、罐头。温温的干粮只带了两盒，但这两盒干粮绝对是让小伙伴们羡慕和流口水的。

一盒是花式饭团，打开鹅黄色的饭盒，一块块饭团，宛如一排钢琴键。一共有五种味道，肉松、咸蛋黄、蟹肉、海苔梅子、三文鱼，每一块都暗藏着不同惊喜。

看一眼粉嫩的三文鱼肉糜，仿佛时间穿越到了北海道。淡橘色的蟹肉和翩翩起舞的木鱼花做伴，勾勒出一幅春暖花开的景象。肉松和咸蛋黄刚柔并济，形味并茂。

米饭则是饭团的灵魂，过于黏烂不行，软度不够又容易松散。北海道七星米软糯鲜甜，扛起了低调的温柔。一秒就能让你栽进快乐的旋涡，满嘴都是令人无法抗拒的鲜意！

另一盒更厉害了，还没打开盒子就已经闻到了香味。不是什么人间珍馐，却是朴实无华的猪肉脯。

在徒步的时候，能够吃到一块肉是一件幸福的事。撕扯肉脯的快感，激发了人类动物的本能。

猪肉脯的颜色是自然的棕褐色，表面纹理清晰，猪肉纤维保持得很完整，一丝一丝鲜香有嚼劲，没有一丁点淀粉感。肉质带着天然醇香，余味绵长。

这肉脯是温温爷爷的祖传秘方，精选瘦肉多、肉质紧实的新鲜猪后腿，手工整切薄片，剔除容易塞牙的肉筋膜，用八角、桂皮等 15 种香料腌制，增鲜提香。最后高温烘烤，逼出肉自身的少量油脂，浇淋蜜汁风干。3 斤鲜肉，大概能够制得 1 斤肉脯干。

温温在吃猪肉脯的时候，就想起爷爷说的话：好的作品都需要时间和过程，就像人生，很多步骤，少不了。

卷三 JUAN SAN

白露。乐

经历了十年的变迁，物是人非，悦耳湖畔城堡的这群人经历的第二场灾难，是全球性的『高原台风』，这一次的『高原台风』比以往的任何一次危害性都要大。这次『高原台风』来势凶猛，很多地方都受到了牵连，唯有『感恩国』是幸存之地。『感恩国』的每一个人都收到了城堡的通知，于是这群人都不约而同，从五湖四海回来了。同样是经受毁灭性打击，可所有人脸上却洋溢着欢乐，他们庆幸自己还有悦耳湖畔这块栖身之地。十年的时间，灾难依然在以不同的形式出现，但人的承受力已经变强，早已学会轻松应对生活的各种突如其来，也懂得了苦中作乐。

第二十一章　最初的喜悦

在离开的十年间，城堡发生了巨大的变化。因为十年前的那场大火，人都离开了，人们离开前都交给园丁自己最宝贵的一样东西，园丁也兑现了自己的承诺。这里的生态在短时间展现了强大的自愈能力，所有的生灵都恢复了生机。

整个悦耳湖畔像刚从一个漫长的睡梦中醒来的少年，重活的每一天都精神抖擞。

你不由得感叹生命的奇迹和生动。

一些被大火烧干的地方，没有土壤，没有水，植物竟然也能够生出成片成片的新芽。

大概植物都有一颗发芽的心，从不妥协，只要有一点点湿气和温度，就会努力挣脱自己，用新鲜的嫩芽，看一眼这个世界，随后努力生长，努力开花结果，实现一颗种子的梦想。

这让我不由得联想到这世界万物也大概如此，最初拼了命要来到这个世界上，都是为了快乐。

植物、动物、生物、微生物、太阳、月亮、大海，都是拼尽全力来到这个世界上。不管来到世界上的条件怎么样，是优越还是不堪，是轻松还是艰难，都要来到这世上，这个目标坚定不移，没有一丝动摇。

人一开始来到这个世界上也是你一生中最完整的，只有光秃秃的一个你，自然而纯朴，目标单纯就只有一个。等来到这个世界上以后，你开始成长，接受教育，有了思想，有了行为，有了丰富多彩而复杂的故事，你开始变得四分五裂。

有些人一生下来，环境很优越，有和谐的家庭关系，有爱意浓浓的成长氛围，他无忧无虑，不用懂事，不用察言观色，不用强忍泪水，不用瞻前顾后，不用担心超越年龄的烦恼，可以尽情追逐繁星，可这毕竟是少数。

我们大多数人，只有出生的那一刻是最完整的，剩下的一生的时间都是在缝缝补补，拆东墙补西墙。

你开始有了缺陷，有了腥风血雨，遵循无处可逃的社会生存法则，你通过自己的努力和上天的眷顾，一次又一次被治愈，但是在某个瞬间，你会发现,你又轻易地被打回原形。基因里固有的东西,在你出生的那一刻就存在了，你终其一生，想要挣脱，到最后也只会发现，你根本无处可逃。

好在追求向上是一种人类本能，凭着本能和这股力量，你的所到之处，每一刻都令人心动，每一处都挂着别样的芳华和青春的印记。我们与时光坦然相处，永远昂然自信，生机勃勃。

被风吹过的绿叶，变得格外温柔；

看过万物众生的太阳，暖洋洋的；

见过露水的娇滴滴的花，也不再孤独。

从地上长出来的绿，这是春天。

不出一个月，这些绿就变成了毯子，这些花就变成了红霞，它们有了子子孙孙，一家人热热闹闹的。这绿毯子装饰这万般风情的悦耳湖畔。

你感受到了淡雅迷人，也感受到了生命的深沉、热情和纯真。

哪怕是昨夜前山风雨过，美丽的大地，依旧生机勃勃。

大自然持久地付出，才能孕育出生机勃勃的景象。

你看，这大胆的春日宣言，背后是春的付出。

黄色是阳光的儿子：毛花黄、竹花黄、柠檬黄。

绿色是植物的闺女：春草绿、浅灰绿色、阿罕布拉绿色。

蓝色是天空的馈赠：景泰蓝、维多利亚蓝、婴儿蓝。

大自然的生机勃勃靠持久付出，而人又何尝不是。

一年又一年的四季轮回，像是老天在垂怜，不断给我们重新开始的机会。让我们从杂乱无章中脱离，开始思考井井有条，开始思考如何在有限的生命里去为这世界留下什么。

在这个思考的过程中，我们叫热爱的东西会被点燃。找到自己的热爱，把生命所有的力量和热情都投入其中，你会如痴如醉。你也会收获这样的生机勃勃，你会感受到身体的每个毛孔都在张开着，与这个世界交换能量，你能够一关一关过，为一些微小的进展而感动和雀跃。

无论到哪个年纪，它都能促使你找回生命最初的激情，你会在瞬间奇迹般地变成一个高速运转的机器，不知疲倦地付出，哪怕身体是疲惫的，但你不会觉得累，你收获了生命的生机勃勃。

这种生机勃勃，无形中将你往好的心境引导，好的心境是你毕生的财富。

我们常常会被心境困扰，着急恐慌的时候，事事无味苍白，如果这个时候再来个屋漏偏逢连夜雨，那简直是雪上加霜；但心境好时，风雨哪怕是从你耳旁飞过，都能觉出美妙。你心中有热爱的时候，一头扎进自己喜欢的事情中，除了收获生机勃勃，受益终生的是，你还会收获好的心境。有了好的心境，你就不会去悲秋伤春，也不会把时间浪费在情绪或烦恼，所谓的对个人的消耗当中。

再回来时，悦耳湖简直是人间乐土。

第二十二章　你一定是我女儿的朋友

这场“高原台风”让很多人失去了家园，伤亡数字每天成倍增长，让全球的居民每天都处于水深火热中。

一天晚上，城堡区来了一群避难的中国留学生，他们也处于“高原台风”受灾区，他们被无情地赶出了公寓，他们已经无家可归。

项太太在网上收到求救信息，征得了邻居的同意，向这群留学生发出了邀请。项太太的留言是：我有过一个女儿，她跟你们一样大，如果她还在，你们一定是我女儿的朋友们。请把我们这里，当成你们的家。

项太太还为此准备了隆重的接风宴，项太太厨艺达人的江湖地位再次技惊四座。其中最出彩的要数车轮芝士煨饭。

重达 7 公斤经过三年时间发酵的巨型车轮芝士，项太太拿出来当炒锅用，发动大家关注美味的诞生过程。她将小杯威士忌酒缓慢放入车轮芝士锅中，用喷火枪微微烤焦烤至冒泡。在火花的衬托下，全场发出热烈的掌声，纷纷拿起手机拍照。当色泽金黄时，表面的这些芝士开始融化脱落，再将米饭倒入其中，米饭裹满了热烫的香浓芝士，再放入樱花虾，鲜气四溢。在装盘的时候，最后包裹一层牛排菌和蔓越莓无花果酱综合油脂丰富的负罪感。除了绵密还夹杂着酥脆的芝士皮和鲜甜的虾肉，口感层次相当丰富。

一桌人酒足饭饱，久违的灾后聚会，过去很长一段时间，他们都因为突如其来的变故闷闷不乐,提不起精神。今天在食物中,算是得到了彻底的释放。

几个留学生都非常勤快，几个人很快就分好了工，迅速地将桌子椅子上的垃圾清理好,并恢复了原位。锅碗也很快清理干净了,他们不让项太太动手,让她在一旁休息，项太太自然乐得轻松。

看着几个孩子忙前忙后，有条不紊，认认真真的样子，项太太又不由得想起她的女儿。

女儿长大应该也是大长腿，鹅蛋脸，白皙皮肤，五官精致，落落大方，说话温文尔雅，做起事情来干脆利落，一等一的大家闺秀。

这人间的所有美好她都值得拥有，这世间所有的溢美之词都不为过，所有的幸福和快乐也都会围绕着她。

可惜，这孩子，万般幸运，第一步都没有成功，就少了那么一口气，都是一场空啊。

有孩子的人真幸福，家里多一个人，一个活生生的人，这种幸福感，妙不可言。

不过也不算坏事，少了一个孩子，又多了一群孩子。

第二十三章　项太太的厨房

说起项太太的厨房，那真的是可以出一本美食书了。

赛螃蟹，这道菜，光听菜名，就霸气十足。黄鱼先洗净，去皮取肉，蒸熟，另取蛋黄六只，盐调味，倒入鸡汁。与蒸好冷却后的黄鱼肉搅拌，炒至八成熟，装盘即可。

色泽金亮，口感绵软，一大口下去，满足感油然而生，余味比蟹肉更足。

梅干菜牛肉惠灵顿，也是项太太的研发成果，选用 36 个月的火腿，酸度值为 3 的橄榄油，3 年老鸭熬汤煮梅干菜。将卷好的牛柳，撒上盐和黑胡椒。准备好的酥皮表面均匀涂抹梅干菜酱，刷上蛋液。放上火腿片再刷一层蛋液，进烤箱 250 度上下烘烤。最后浇上红菜头牛肉汁，绝对又是一场色香味俱全的大戏，眼睛都舍不得离开烤箱，装盘的那一瞬间，嘴巴都忍不住想要谈恋爱。

干煸牛肉丝，是一道很有能量的菜。热锅下入腌制的牛肉，煸炒至表面脱水，再依次放入辣椒丝，姜丝，香辣酱，芹菜结，白糖。七味合一，热辣辣的，舌尖一触碰，就能感受到不可抗拒的热情。

家里的昙花又开了，我们又有昙花炒蛋吃了。取两朵凋谢的昙花，洗净，去花芯，切丝；蛋液里放少许盐和洗净的紫菜；锅里倒入少许橄榄油，油热时倒入昙花丝煸炒 2 分钟，把紫菜蛋液倒入，翻炒 2 分钟，根据口味放盐，出锅。昙花珍贵，一起吃昙花炒蛋的人更是珍贵，这道菜也充满了氛围感。

三虾豆腐，是到杭州馆子吃饭必点的一道菜，配方是项太太的祖母留下来的。所谓“三虾”就是“虾仁”“虾子酱油”“虾油卤”三种料煮豆腐。选用清明后脱壳、芒种后抱子的虾，生肉糁酝酿成虾子酱油来熬煮糖色，天然的鲜味素，渗透到每一块豆腐之中，待豆腐还未被鲜味给折断的时候，缓缓出锅，浇上汁水，不到 3 分钟，这娇滴滴的三虾豆腐就被少年一抢而光了。

三丝敲鱼，也是一道见功夫的菜。鲈鱼块裹上淀粉，用木槌敲成鱼片状；鱼片滚水余熟捞出冰水冷却后切成丝待用；锅中少油，放入葱姜丝、香菇丝、胡萝卜丝煸香，加入胡萝卜西红柿蔬菜汁、少许调料、鱼丝煮至汤汁沸腾。找不到很好的词来形容其中的复杂底味，深藏不露，说的大概就是这个味吧。

鲜辣茶油鸡，是你在干成了一件事情那一刻，最想拥有的一道菜。衡阳山里的茶油，有独特的香味，浓郁而深沉；石门的土鸡滋味醇厚，配上正宗的乡里朝天椒，大火翻炒，这一股自觉矜贵的低调气息，恰到好处成就了这一碗令人欲罢不能的人间烟火。

衡阳卤粉，绝对是美食界被严重埋没的旷世奇才。卤粉的秘诀全在卤水里面，家家户户都有自己祖传的卤水秘方。项太太的爸爸在衡阳三年，桥梁工程验收了，卤水配方也得了一套。每天三两衡阳卤粉，是这个孤独的中年男人的饱腹之粉，30 秒做一碗粉，卤香浓厚，香味浓郁。但这碗粉还是被埋没在了这个十八线小城市，其他地方基本吃不到，每次吃卤粉的时候，项太太不免会叹息一声，表达对这一美味默默无闻的遗憾。

灯盏糕、鱼丸汤、猪脏粉、江蟹生、糯米饭、索面汤、菜干肉丸、老鸭煲、酒焖蝤蛑、酱油肉、麻油鸡、乌贼蛋、虾子肉、豆腐蟹、泥蒜冻、家烧白鲞、杏仁腐、芥末鸭掌、清汤米面、猪油膏、长人馄饨、永嘉麦饼。光回忆起这一串串的美食记忆，再不觉人间疾苦，有什么苦是熬不过的呢，随便吃上一口，也得到了抚慰和治愈。

“高原台风”席卷这一年，项太太帮我过生日，她特地准备了一套怀石料理，那真的是永生难忘的一餐。

这套怀石料理，以“夏季清欢”为主题，一共是10道。选用的是当季新鲜食材和特色时蔬，真是给我带来了不一样的味觉享受。

项太太还为我准备了一款生酒，生酒是没有经过高温杀菌的酒，据说是需要全程冷链，保持在14—15℃的状态，生酒喝起来非常清爽，柔和。

先付：手作豆乳豆腐配日本云丹、鲟鱼子、山葵、旨汁。

第一道是先付，也就是所谓的开胃小菜。

总共有三层，底部选用手工豆腐作为坯底，中层是北海道海胆，最上层搭配八年的鱼子酱和手工山葵调味。

手工豆腐入口Q弹，厚实，有软糯的年糕质感，秘诀在于加了调制的葛粉。日本比较有名的葛粉在奈良，当地也有很多葛粉料理专门店。因为葛粉有丰富的营养价值和药用价值，有美容养颜亮肤、抗氧化的功效，也是日本贵族非常喜欢的一种食材。

海胆的蛋白质由17种氨基酸组成，7—8月是捕捞的旺季，味道也是最好的时候，口感清雅。

鱼子酱含有丰富的卵磷脂，具有调节和降低血脂的功效。八年的鱼子酱，入口绵软，回味清新。

八寸：活新西兰黑金鲍、现烘鳗鱼酥、香鱼、马山椒煮、活斑节虾、双色虾青素蛋、萨摩芋、空豆蛙八寸是一道下酒菜，作用是把味蕾打开。

中心部分是新西兰进口黑金鲍，周围一圈分别是：斑节虾，香鱼，虾青素鸡蛋小方，鳗鱼酥，番薯和蚕豆。

这里要特别提到的是其中的香鱼，项太太用马山椒煮，整整酱烧两天，鱼肉酥软，骨头可以直接吃，在烹饪过程中去麻味，只取香味，后味很浓郁。

双色虾青素鸡蛋小方，项太太将蛋白和蛋黄进行了分离，选用的是虾青素鸡蛋，特点是蛋黄颜色非常漂亮，没有任何色素。鸡蛋里面含有虾青素，据说食用一颗鸡蛋等同于吃了三斤野生大西洋三文鱼。这个鸡蛋也比较贵，一颗就要卖到 20 美元。

香鱼是一种淡水鱼，生活在干净无污染的水中。它是日本各地美食爱好者的夏季特别美食。日本有条河流叫长良川，盛场香鱼。香鱼偏苦，魅力之处就是其中的苦味。两寸到两寸五分左右的小香鱼最为上等，过大就会香气不足。

碗物：水晶松叶蟹真丈、紫苏、青柚

先喝一口汤。主体部分用的是北海道松叶蟹搭配紫苏佐现磨青柚调味，外面晶莹剔透的一层是葛根做的粉皮。松叶蟹味道甘甜，肉质疏松，纤维弹性适中。

日本有三大名蟹——松叶蟹，雪场蟹，毛蟹。松叶蟹脚很长，主要以肉质绵密鲜甜闻名。在 200—600 米的深海中，一般有 4 对步足，比帝王蟹多一对步足，也更细长。

向付：旬鱼五点

总共有五款刺身，分别是鲕鱼，鲷鱼，大竹荚鱼，小竹荚鱼和金枪鱼。

吃的时候项太太建议我从白的吃，因为红色油脂相对比较丰富。夏天的竹荚鱼油脂分布最好，味道鲜甜温和。

烧物：盐烧金吉鱼、舞茸、醋芜菁、手作百香果蛋黄汁

金吉鱼，又叫海中红宝石。

在零下 3—5 度恒温的状态熟成 14 天，吃起来滋味比较厚重，丰富的蛋白酶分解，形成基胺酸，去腥提味。在渍烧加热到 60 度的时候，鲜味物质谷氨酸钠最大限度地释放出来，里面的油脂会发生微妙的变化。

搭配的百香果手打蛋黄酱，加了无花果，整个酱汁口感柔和、清爽，颜色也非常漂亮。将酸甜味进行融合，可以很好地解油腻。

金吉鱼是一种大头大眼、全身通红的鱼，是日本最珍贵的品种，与河豚、鮟鱇并称日本三大美味。国内价格通常两三百一斤。

舞茸原产于日本北部地区，是日本皇室的贡品，含有多种维生素、膳食纤维、氨基酸。

芜菁，还有一个名字叫“诸葛菜”，据说是诸葛亮在远征的时候，让士兵种植，保证粮食供给。是一种圆圆的白萝卜，是北方夏季的蔬菜，非常脆。也是法餐炖菜蔬菜牛肉浓汤里必要的配菜之一。《齐民要术》里面蔬菜种植榜排第二，1500 年前是菜园子里的头部流量，在中国流量转瞬即，在法国和日本名声大噪。主要原因可能是名字没有统一，在很多地方也被叫作盘菜，大头菜，疙瘩菜。

煮物：北海道贝柱大根盛、若鸡清汤

这个煮物三肉九回吊，非常醇鲜的鸡清汤。足足 14 个小时，品相色泽淡雅，味道却比较厚重和深邃，对烹饪技法要求高。

主体部分是萝卜和北海道贝柱，佐鸡清汤调味。

强肴：极和牛 M9+ 西冷、牛排菇、醋白玉菇、宝塔花、马蹄笋

选用的是美国进口的 M9 和牛，品牌是 SRF 极，属于美国和牛中的高端品牌，也是美国奥斯卡晚宴和米其林餐厅常用的同款。

牛肉的大理石花纹非常漂亮，油花分布均匀，相比日本和牛，口感会更浓郁更明显，肉质更鲜嫩不油腻。搭配了牛肝菌、白玉菇、马蹄三款配菜，项太太让我一片牛肉配一片小菜来吃。

醋物：金丝瓜、茗荷、鲟鱼子

选用金丝瓜搭配茗荷和十年的鲟鱼子酱。

金丝瓜细腻爽口，茗荷是一种非常温和的姜，最后点缀风味足一些的鱼子酱，整体口感清爽轻盈，也是一道中西结合很风雅的菜，可以一扫夏季的燥热之气。

这道菜的用心之处在于里面的醋汁，是用十几种醋调制出来的。

食事：鲜松茸釜饭、味噌汤、香物

北海道越光米混合当天从云南空运过来的鲜松茸、玫瑰虾、青豆。

淡淡的米香味包裹着酥脆和香糯的口感，吃一口会觉得意犹未尽。

甘物：本日甜品

最后是一道甜品，里面有四种水果，做了一些降糖处理，搭配手打百香果蛋黄酱，是一款非常清爽低负担的甜品。

10 道菜吃下来，我已经要扶着墙回家了。

第二十四章　仗义相助

吃完项太太的美食，瞬间忘记了还处在“高原台风”灾害期间，一回到家，躺到床上，才猛的一下回到现实。

国际新闻一直在播，人类命运休戚与共，各国利益紧密相连。只要各国团结一致一定能够尽早战胜“高原台风”。

窗外的悦耳湖似乎还是一样的宁静，如果不是每天的新闻，或是手机的各种信息流，没有人会知道，在这之外的世界已经已经按下了暂停键。

城堡里的华人决定团结起来，对家乡发起一场捐助。可是捐什么呢？钱这个时候估计起不到多大的作用。

一车一车送过去的物资，还有一车一车跟过来的医疗队，这个时候才是最大的安全感吧。

这一次，年轻人又走到了前面，他们在山上扛回了很多药草，分装打包，由李孝子来做适配，一群人忙活了三天三夜，终于完成了两万份的救灾医疗物资。

这群年轻人有着前所未有的斗志，甚至可以不吃不喝，每日每夜，仿佛他们是在做一件有生之年最值得骄傲的事情。

毕竟对于他们来说，这是难得的经风雨，见世面，锻炼自己的最佳时机，他们应该倾其所有。

完工的那一天，李孝子还从一些渠道弄来了几大箱医疗物资，堆在一起，足足有一大卡车。

因为物资的量比较大，中国的一处“高原台风”重灾区为悦耳湖做了一场在线的捐赠仪式直播。当地的主任为悦耳湖颁发了一块电子勋章。李孝子作为代表，向在线的二十万网名表达了远在大洋彼岸的担心和关怀。你感受到所有人的心是连到一起的，这是一个英雄的国家，哪怕身在异国他乡，大家的心是紧紧相连的。这满屏的弹幕小红花，让你觉得身在中国。这一刻，你回到了少年时代，因为做了一件好事，得到了一朵小红花和奖状，接受同学们的鼓掌。你为你的所作所为感到无比自豪。一方有难，八方相助的精神，原来是根植在每个中国人的心中。风调雨顺，国泰民安的时候，我们感觉我们都是分散的个体，所谓的家，对我们来说，就是自己的小家。而在特殊时期，你突然感觉这个家是无比巨大的，有无数的兄弟姐妹。你拥有看不到头的土地，有源源不断的精神力量，你不再渺小，你感觉你是这个大家庭的一员，你跟他们一起在并肩作战，无关贫穷和富有，你们站在同一条线上，而只有在这个时候，你才感受到自己是多么的富有。祖国辽阔的江河，亿万个兄弟姐妹，大家的劲都在往一块使，这种力量感，在你有生之年从未有过，这种力量感让你觉得，你们就是会战无不胜，没有什么可以打倒你，你就是如此的强大，哪怕弱小，但背后有那么多人在为你撑腰，他们会带着你，带你走出恐惧和慌张，带你走出绝望和悲伤，带你走出孤独和无助。

也只有这一刻，活了 41 年，我唯一的一次，觉得自己不是孤军作战。而我的避风港，不是别人，是最强大的祖国。

我们从赤脚来到这世上，没有一天不在孤军奋战。

我来到这世上，哪怕我父亲一开始不想要我这个多余的女儿。

我 6 岁前都是寄养在爷爷奶奶和不同的亲戚家，我奶奶有很重的牌瘾，我也因为照顾不周，总是体弱多病，每次要被送回去的时候，我都自愈了。

我 3 岁时，爷爷在我身旁滚下了床，从此再没有醒过来，我见爷爷没起来，叫来了所有的亲戚，他们张罗了丧事。

爷爷走了，我的家也没有了，我又被送到了大舅家，我 6 岁就学会了在供销社洗衣做饭看店铺收钱数钱。我像个没有父母的孩子，总是从这里到那里，而我所寄养的亲戚家，只要父母的生活费没有及时汇到，哪怕是一天，他们都会打电话给我妈，让我妈赶紧把我接走。而我妈从来没有接过我，看来父母又攒够了我的生活费。

每个月我最期盼的事情就是，舅妈没有按时收到我妈的生活费，这样我就能听到我妈的声音，证明我在这世上还有一个妈，我不是个孤儿。

后来我好不容易回到父母身边，回到城市里，可我连十个数字都数不清，又得回到那个供销社，供销社再次用温暖的怀抱拥抱了我。

小学，初中，高中，大学，留学，毕业找工作，没有一件事情，不是我一个人在孤军奋战。身边总是充斥着各种恐惧，诸如你一个女孩子长得不好，不好好读书，以后就只能嫁个挑扁担的，不考个重点高中，不考个名校，就会永无希望，就这样踉踉跄跄地走到了今天。

掐指一算，在父母身边也就 7 年时间吧，而这七年中，跟父母的交流和沟通都是少之又少。父母埋头赚钱，我埋头读书，不敢闯祸，也不敢惹他们不开心，每天都是战战兢兢的。

这可能是我们那个年代的小城市女孩一段再普通不过的人生，有可能你比我幸运，你从小待在父母身边，家境殷实，也有可能，你比我还惨，跟父母的关系连陌生人都比不上。

但不可否认，我们每一步都是靠自己孤军奋战走过来的，关键时候，能带你往前的只有那个自己。

这种感觉在大城市工作几年后更加明显，弟弟和母亲意外离开后，我跟父亲的情分基本上就是，过年见一次面。

或许我从小就是个独立的小孩，怕给人添麻烦的小孩。

我找父亲开口要钱交完大四学费和生活费之后，就再也没有找父亲要过钱。

刚开始参加工作的时候，住在按天计费的群居房里面，被光着身子跑出来的隔壁屋男孩吓哭。后来熬到了发工资，搬到了一个合租的小房子里，才敢半夜起来上厕所。最难的时候，离发工资还有十天，卡里只剩 100 块。后来攒了点钱，又被好朋友骗了 20 万，经济压力最大的时候，出现手抖，流眼泪，甚至幻觉等情况。

但我都不曾跟父亲说过一句希望他能帮助我的话。

不知道你们是不是也曾跟我一样倔强，不是我不曾感受到爱，而是我不想麻烦家人。

在漫长的时间里，我都是靠自己渡过了一个又一个难关。

我的潜意识里，已经养成了生活是自己的想法。家里的大房子，家里人的欢聚时光，都跟我无关。只有这里的方寸之地，是我眼下要努力打理好的生活。

而这一刻，我在异国他乡，我人生第一次，感觉不是在孤军奋战，身后有千军万马，一万人的心都是连在一起的，而我还不曾跟任何人连过心。

是伟大的祖国和伟大的人民，在这一刻，治愈了我根深蒂固的孤独和黑暗。

我心里那个阴暗的角落，在这一刻，被打开了，见了阳光。

我感受到了支持，感受到了决心，感受到了无穷的力量，他们是我的家人。

接下来就是等待了，等待物资顺利到达救护站。

等待的时间似乎很漫长，让人有点抓狂。

这人生就像是一场等待奔赴另一场等待。

等待生，等待死，等待时来运转，等待贵人相助，等待灾难过去，等待好消息传来。

一场“高原台风”自然灾害下来，以前都是男人有钱女人穷，现在都反过来了，不少男人在自然灾害中丢了工作。失去了经济来源的男人苦不堪言，没结婚的自然是娶不到媳妇，因为没有父母想让女儿嫁过去受苦，结了婚的也有很多离了婚，因为女人这些年在不断搞事业，自然不想养一个在家游手好闲的老男人。

不管男人女人，经济实力就是最大的底气，这决定了大部分人对你的态度。

就像如果你去朋友家里做客，朋友的家是一个皇宫一样富丽堂皇的地方，你自然也会肃然起敬，多几分尊重。

这些失意的男人，如今就在等待一场时来运转，可这运什么时候来，谁也说不准。

第二十五章　意外收获

项先生就是那个失意的男人，但项太太并没有离他而去。因为这一场反反复复的“高原台风”自然灾害，他一年没有赚到钱，每天垂头丧气。

这段时间他也格外自卑，担心自己就这样无业游民下去了。

而偏偏最不景气的这一年，项太太居然怀上了一个孩子，接近 50 岁的高龄，这真的是一件喜出望外的事情。

虽然只是怀了一个孩子，他们唯一的孩子，这却让项太太和项先生突然有一种子孙满堂的感觉。

这个孩子，点起了一屋子的希望。这一定是个异常清醒的小孩，孩子在肚子里面的时候就非常的安静。项太太因为是高龄怀胎，没有一刻不在担心胎死腹中。这孩子很心疼妈妈，没有引起一点孕期反应，这真的是难得的奇迹。

项先生在失业的这段时间，倒是学会了不少修修补补的琐事，有了儿子自然没有时间去悲观失望，还要去学一堆东西呢。

有天 5 点不到，楼下的思琴跑过来敲项太太家的门，原来是她家楼下漏水了。

这不，项先生刚学会的新技能修水管，又能派上用场了，没准又能成为邻居们的小帮手。

项先生怕惊动项太太，摸摸了项太太的大肚子，轻轻关上卧室的房门。

瞬间打满了鸡血，噔噔噔地径直下楼，恨不得三步并作两步，别人估计要为这一大清早的惊扰动怒，马上要有儿子的老男人真是有使不完的劲。

项先生瞅了瞅漏水的地方，又马上到家拿了小梯子，把瓷砖轻轻揭下放好，拿钢丝线撸开障碍物，好家伙，果然水管裂了一个小缝，遂去工具箱拿了新管子，按尺寸比画好，水泥胶、绷带一气呵成，扎扎实实。

项先生见楼下不漏水了，还是不大放心，打开地漏看防水是否出了问题，探灯一照，防水管果然也出现了一个小缝，因为是弯曲的管道，时间久了都粘连到一起了，取下来要点真功夫。项先生观察了一番，在地上描绘了几个点，一枪头打下去，旧的水管果然自然脱落。再装上新的防水管，利利索索，又干了一件好事。

忙活完，项先生洗好手，跑到卧室，也不打算睡回笼觉了，摸摸项太太的大肚子，跟儿子说着自己这一大早上的壮举，好让儿子在娘胎里就觉得他爸爸是个了不起的角色。

你瞧，生活的戏剧性让你忘记了过去的那点烦恼。

看来老天爷真的会给你关了一扇小窗，又给你开一扇大窗。

圣诞节前，孩子出来了，确实是个大胖小子，没枉费这一天天“咱家儿子”的默认。

项先生老来得子，高兴坏了，这一次，他彻底忘记了自己是个失意的中年老男人。

从孩子出生几乎就没有离开过他的手臂，偶尔去上个厕所回来，一见儿子就兴奋到语无伦次。孩子每天细小的变化他都能察觉出来。

如果这个孩子是一粒种子，项先生的手臂就是他接触的第一杯土，不管将来移植到哪儿，父亲在生命之初给他的爱都会在他的血液里流淌，挣不脱，逃不过。

孩子拉屎撒尿都是项先生亲自伺候，屁股得擦个十几遍才肯罢休，生怕孩子感染细菌。擦完就把孩子搂在怀里哄睡。每天换尿不湿，起夜奶，那是一点不马虎。吃得少怕饿着，吃得多怕撑着，两天不拉屎就盼啊盼。

就这样盼着啊，盼着啊，眼神与眼神相对，这日子也太美妙了。

第二十六章　挑灯画月亮的画家

镇上的冰激凌店出了新口味，给家家户户发了试吃券。于是大家都高兴坏了，晚上 6 点，大家集体坐着店家的专用车，高高兴兴地去冰激凌店打卡。因为是免费试吃，自然少不了要给店家做宣传，所以大家都非常认真。文笔好的，已经在构思文案；家里落了灰的单反相机也被拿出来重新派上用场，还有手持云台和滑轨，有些人甚至还带了背景布和大光灯。这架势，丝毫不亚于一个新产品上市后期制作的排场。冰激凌店老板估计都没想到有这么认真的试吃客吧，当然试吃客也没想到去试吃冰激凌还有车接车送的。

任何人之间的交情大致就是这样，你认真对待我，我自然也要认真对待你，否则就少了那么点意思。

人一下车，冰激凌店就异常热闹起来了。

这个新品的冰激凌非常的大，两个球堆在一起，比人的脸还大。给冰激凌拍照可不是个简单的活。不仅取景要准，速度要快，还要有一双举冰激凌的美手。说来也真是神奇，这事儿，大家事先也没个准备和分工，但一到这店里头，就仿佛是一支开过碰头会的专业团队，大家各司其职，井然有序。有铺背景板的、有布置道具的、有讨论剧本的、有准备镜头的、有架灯光的，甚至还有一个导播台。等所有的准备工作都就绪了，问题来了，谁来做手模。

这时候自告奋勇可不管用了，大伙把手都伸出来，谁的最长最细最白嫩，这万众瞩目的殊荣就得归谁。

毋庸置疑，这份殊荣早就被思琴收入囊中，她的那双手，哪怕不举起来，在黑夜里都是挡不住光芒的。

于是，思琴的手，成了整个试吃大会最忙碌的事物。人们纷纷赞扬这一双绝美的手，有这么一双惊为天人的手，这辈子就该衣食无忧啊。

生活还是挺讽刺的，人们常常会有很多固定的认知，认为长了一副好皮囊，就该多一分幸运，好像你就真的不用做任何事、任何努力，那些属于一个人的幸福快乐就会接踵而来。

但现实生活中，长相带你去不了任何地方。你在每一寸肌肤上注入了才华、能力、职位、权力、金钱，才能让这张脸弥足珍贵。

你能为自己这张脸感到高兴，哪怕你的肌肤里面就只有肌肤，干干净净什么也没有，你自己能为这张独一无二的脸感到高兴，那就是这世上最棒的一张脸。

不得不说，此时此刻，思琴确实因为这双独一无二的手，赢得了掌声，但是她也因此付出了代价，这双手听着一个又一个人的使唤，摆拍了两个多小时，手已经麻木僵硬了。

你看，鲜花的背后都是代价啊，这世上哪有什么不劳而获啊，哪怕是因为天资被眷顾，也需要自己去付出一样东西，才能得到一样东西。而这条必经之路，有个名字叫：踏实。

吃完冰激凌，夜色已晚，人们搭上了来时的车返回。稻田边上，一个个艺术家又开始在挑灯作画了。他们是想画下这夜晚的稻田和星空吧。他们有可能坐上一个小时，都画不好一物一景，但是光这样坐着，就足够开心。这一排排的灯火，还有支起来的画板，微风拂面，稻田麦香，老老少少，不分直直地坐着，慢慢地构思，如此认真，又是如此虔诚，远远望着就已经是一幅精彩的画作，而往来的人都不由得放轻了脚步，生怕打扰他们。

人的一生，能有多少个这样专注的时刻，这样的时刻才是最接近幸福的时刻吧。

你喜欢看书，就看上一整天的书，坐在椅子上或者地上，床边或窗边，旁若无人，不吃不喝；

你喜欢画画，就坐在一棵大树下，迎着太阳画，不急不慢，就这样一坐到天黑；

你喜欢跳舞，就一个人在舞蹈房，每个角落都跳个遍，孜孜不倦；

就这样热爱着啊，一点都不觉得累。

只是后来，我们所能专注自己喜欢的事情的时间越来越少，这些所谓的不务正业都被那些正业填满了。你开始毕业，开始为企业打工，开始有干不完的活儿加不完的班，后来你创业，你事业有成，你每天忙忙碌碌，除了业务还有应酬，你再也不会有属于自己的时间，生活已经被填满，没有一点可以自己支配的时间。

我们缺了那么一点快乐，可能真的从忘记热爱开始吧。

去做一件自己热爱的事情，就是为自己而活。

离开了热爱，那是在为一个个责任、一个个寄托而活。

我们常常在忙碌中忘了，这生活是自己的，不是你的爱人的，也不是你的孩子的，更不是你的父母的。

你这仅有一次的人生都在忙忙碌碌中，连喘息的机会都没有。

可你还记得吗？你用尽全力来到这世上，不就是为了幸福和快乐吗？

而你现在，幸福快乐吗？有过一点吗？如果有，这一点幸福快乐都足以支撑你走到地老天荒，但如果没有，你这么努力，是为了什么呢?

在田间作画的这群人，此刻，是幸福快乐的。

今天兴高采烈一起来吃冰激凌的这群人，是幸福快乐的。

在这夜晚愿意花上一个小时观察他们的人，也是幸福快乐的。

这些一点一滴的幸福快乐都会变成你身体的能量，它们能给你力量，让你不再惧怕风雨飘摇。

这也是为什么那些一辈子都在郁郁不得志的人，他永远只会穷困潦倒，因为他离幸福快乐越来越远。

当你时刻维持着与“幸福快乐”的亲密关系，你就知道，你会在不知不觉中收获满满能量。

你住的屋子，不是你一个人，这里还住着幸福和快乐，你要保持良好舒适的环境，让幸福和快乐在你这儿长久地扎根；

你每天要保持一份好心情，笑颜逐开，这样幸福快乐每天看到你也会被感染，他们不用看你的臭脸，自然跟你如影随形；

你要有健康意识，因为你一旦生病，身体紊乱，你的血清素含量就会降低，你会发怒，会有无名火，幸福快乐可是受不了气的，需要你有健康的身体，细心呵护它们；

你要多多行善，这样这世上就多了一些惦记你的朋友，他们也害怕冰冷和孤单。

你把幸福快乐当成你最亲密的朋友，幸福快乐自然也就相伴终身了。

有时候你走着走着，走太快了，他们没有赶上你，就需要停下来，等等他们，让他们赶上你，再伴你前行。

人这一生，如果有幸福快乐这对挚友相伴左右，那还怕什么呢。

第二十七章　广场上绽放的鲜花

反反复复的“高原台风”灾害还在蔓延，后期的危害性变大。人们的心理承受力每况愈下，虽然会燃起那么一点希望，但是整体的走向还是在变坏。

这场“高原台风”的可怕之处在于它的危害性大到你无法想象，最严重的那几天，有一些建筑甚至会连根拔起；眼见之处已经没有一棵能够竖着生长的树木，都成了七倒八歪的破木了；飞机被狂风摧毁，跌落下坠；火车也丢了方向，急速掉下桥；人们不敢出门，一出去就会被风刮走，被残缺建筑锋利的角刺死。街上没有人，一个警察也没有，家中没有电，海陆空运全停。每个人都守着家里仅剩的一点食物，艰难度日。饥饿在这个时候已经不值一提了，因为大家都不知道第二天醒来，这个屋子和自己是否还存在。

这种毁灭性打击，估计没人有所准备。

也不知道这次“高原台风”的具体原因，有人分析说是全球气候变暖，也有人说是垃圾在报仇。

过去我们在生产过程中，很多副产品会被当作废品随意丢弃，取而代之的是伐木、钻井。人类生产生活每年产生 21 亿吨垃圾，这些垃圾生孩子了，这些孩子手拉着手，释放了巨大能量，引发了一场接着一场的“高原台风”灾难。

没有人趁着灾害去抬高物价，也没有人趁着灾害去犯罪，年轻人没有失业，老年人的退休金也没有减少一分，国家的金库守得死死的，没有被偷袭，也没有被这“高原台风”卷走。

每天死亡数都在上升，每增加一位，“感恩国”市中心的广场就会亮起一盏灯，教堂的钟声也会鸣响一次。灯越来越多，钟声也越来越长。

广场失去了往日的气象，这曾是悦耳湖一带最漂亮的广场，广场沿着城堡下的古贸易之路而建，寸寸都是岁月留下来的沉淀，入目都是掩不住的风采。

过去，小朋友们在广场玩的时候一般就一项活动：疯跑。

小情侣们在广场就是吃冰激凌。

老人则把这儿当成了自己的舞台，有作画的老艺术家，有吹萨克斯的，也有剪纸的、大合唱的。

广场上最壮观的，当数一组气贯山河的青铜雕塑。沉稳的青铜之光与巨大的广场交相辉映，使得主题更加鲜明，气势更加恢弘。时代脉搏中的景致与文化交融，毫无违和感。

广场一侧还有穿当地服饰拍照的服务项目，极具中国特色。其中头饰、腰带、配饰都可以自行搭配，也可以请工作人员帮忙挑选。穿着漂亮的服饰走在广场上，或与雕塑合影，或来个自拍，简单快乐又完美的一天。

广场旁边是一条巷子，是这一带隐藏的华人街。

整条街不长，才刚刚重新装修过就迎来了这场灾害，昔日里，这块地方灯火通明，明亮且温暖，时尚又繁忙。都说中国人爱热闹，但中国人骨子里最爱的还是赚钱。隔着时差呢，什么网络直播、淘宝天猫、快手抖音，家家都有直播间，流行的带货门路没有一样落下。

这场“高原台风”闹了足足45天,终于停下来了。来的时候没有打招呼，走的时候也没有打招呼。一开始，大家都以为是一场台风，几天就过去了，只要不出门就相安无事，没想到这妖风一刮就刮了一个多月，由缓到急，由急到妖。“高原台风”停下来的时候，大家都觉得过了一个世纪。

劫后重生，自然需要去市中心的广场祈祷，去献礼，去祈福。

有花圈，有花篮，还有手工灯笼和风筝。这些寓意美好的物件，扛起了满满的责任，挨个立在了广场的一边。

大家都知道，这是一场遥遥无期的黑暗记忆，满地的白花也掩盖不了这无声的哭泣。

“高原台风”是停了，但这场战斗还在继续，得付出惨重代价才能赢，得全人类一起团结才行。抗灾靠偷奸耍滑坑蒙拐骗巧取豪夺不行，要使蛮力下苦力付出真金白银才行。

这个时候，救援工作可能真的是细节决定成败了。就像一出好戏，一切需要听从指挥，你的呼吸、眼神和动作的韵律，每一个都需要在节拍上，且每个人都按照标准来，才会呈现一场完美的戏。

可这灾后心理重建，再完美的一出戏都很难做好。

建筑重修重建和企业复工复产，在一定程度上是有力的强心剂。可灾民心中的满目疮痍，估计一时间是无法修复了，这颗心已经苦了，就很难再甜了。

年纪越大，越是体会到生活的苦。

好不容易经济上好一点，不再受催债的苦。

舒服日子没过几天，开始受感情的苦，还有这天灾人祸的苦。

这颗心，真的，还没有痊愈，又开始受尽折磨。

这难道就是生活的本质吗？

要受尽折磨，尝遍苦头，才能有那么一丝的甜头吗？

像是有把刀子，会找各种理由，在上面划了一刀又一刀。

如果这颗心能拿出来看看，一个人从小到大的伤，估计已经千疮百孔。

可是人又如何能做到毫发无伤？

你在这世上走一遭，好像每个人，都真的必须去面对这些，一点都逃不过。

受了这些伤后，还要一次次靠自己的力量爬起来，要像个没事人一样，去工作，去融入社会，去承担自己的责任，去扮演自己的角色。

能懂你心里的这些痛的，可能只有自己。

这颗心跟着你，又受苦了，你竟然没有能力去保护好它不去受伤害。

变强大，谈何容易。

心怎么会这么痛呢，你甚至能感受到它在滴血，每一刻都在滴血，没有停过。

你甚至坐在椅子上，动都没有动，它依然在涌动着痛。你试图通过做别的事情，转移这注意力，都是徒劳，你的整个意识都只剩下心痛，摆脱不了，狠狠地绞着你。

你有不好的预感，这样下去会生病，会一蹶不振，会倒下，可你一点阻挡的能力都没有。

你每走一步，都在痛，你无法理解，心为何会这般痛。

折磨了一天又一天，你感觉心已经干干的，水分流失了，接近干涸了，想喝点水补一补，可喝再多水都无济于事。

这颗心，它真的在哭泣，哭了整整一天，你的眼角没有流下眼泪，而这颗心已经流干了所有的眼泪，它剥夺了眼睛的功能，搞得眼睛都不会流泪了。

这颗心，好像被一只手在不停地撕扯着、蹂躏着，过一会儿，又来了一把刀，在上面，一刀，两刀，三刀，快切。你想夺下这把刀，却拿不掉，也移不走，而且这把刀往上砍的速度越发加快了。

大概过了一个小时，这颗心的周围就像是一片被战争碾压的焦土，不知道要多少的阳光雨露才能开出第一朵花，也有可能这一辈子都开不出花了，成了一块死土，成了硬邦邦的一块。

照理说，心硬了之后就没了知觉，但这疼痛感没有减掉半分。

年纪越大，这疼痛感越明显，越是不堪一击。

你带着这颗心，熬呀熬，你不知道自己熬过了多少艰难的日子，多少个不眠夜，多少个狂魔乱舞的时刻。

在阳光明媚的时候，你还以为老天眷顾你，你误以为这颗心已经好了。可它总是会在某个时候突然爆炸，将你一秒打回原形，你又得重新来过，反反复复，无处停歇。像个定时炸弹，把你整个人炸成灰。

你把自己的这颗心，伤到这般田地，还如何有主见地活着。

糟糕的日子，请让它一去不复返吧。但那些闪着光芒的时刻，留在脑海里吧。让那些可爱的人，可爱的事，在生命的长河里生根发芽成长吧。

这该死的“高原台风”再也不要来了吧！真想有一把巨大的天刀，砍了这“高原台风”的发源之口。

在灾难的尘埃即将落定之时，我们每个人心中都有一个疑问没有落定：这场灾难究竟是怎么发生的？是谁在惩罚我们？

这些灾难是如何进入一种忘我状态，如此肆无忌惮地去侵袭人类赖以生存的环境。这些灾难他们有父母吗？有孩子吗？他们为人类做的这些难道不会有罪恶感吗？他们有理想，有追求，有花前月下吗？他们不要睡觉不要休息不会长眠吗？

我们不需要一场灾难去成就一个伟大的城市，不需要去歌颂从灾难中涅槃的城市，那些敬畏生命、热爱生活的勇士和好心人，也绝不该白白去牺牲。那些本就在垂死边缘挣扎的普通老百姓不需要灾难去加速他们的痛苦，那些企业家世世代代积累的财富也不该为这灾难买单。

那些原本就囊中羞涩的国家也不该为灾难去下跪去请求援助，谁要跟着倒霉，谁要探究真相，谁要相信这是命。那些风雨彩虹铿锵玫瑰、那些纵横四海笑傲天涯不该为灾难奔赴。

那些河流不该受苦，那些大地不该受苦，那些昆虫和鸟也不该受苦。没有人愿意看灾难这场大戏，你将一切成型的东西都打碎成灰，你武力高强，但请不要在我们的领地之上叫嚣，灾难，你如此丑陋，为什么还要这样一次次暴露无遗。

我们不愿意再听到任何歌颂直面灾难的勇敢，或是站在科学角度去解释灾难这件事情的只言片语，哪怕是一句都不想听。我们只想埋葬了关于灾难的任何苗头。

也不要跟我们说什么时间会冲淡一切，再过几个月，你们就会像从未发生过这场灾难一样去生活。你把你的一只手砍掉试试看，一年后，时间会不会让你长出新的手。

我们遭受了这样莫名其妙的打击，我们更不愿意看到我们的孩子，我们的后代，再遭受这样的打击，我们只想让灾难这个大魔王千刀万剐，每个人都往他身上砍一刀，把血流出来，流出血就知道什么是痛了。

科学家劝我不要太偏激。他们说全球每年大约有 1/4 的雨水都是大大小小的台风带来的。如果没有台风，这些地区的河流湖泊就会缺水，发生旱灾。

台风不仅给大陆提供宝贵的水源，还起着调节地球温度的作用。台风从出生那一刻起，就一直不停地移动，它能把赤道地区的热浪带到地球的其他区域，甚至能带到南极和北极，热浪到哪里，哪里就会变得稍微暖和一些，台风在地球的气候系统中扮演着非常重要的角色。

可有谁知道这台风，也会有变形的一天，变成恶魔的一天。

谁曾想到挨饿受冻也会发生在新世纪，谁又预料到即使是家财万贯，房产满地，在某个早晨醒来都会化为乌有，而我们什么也没干，只不过睡了一晚还算踏实的觉。

我们的房子塌了，没有人管我们，居委会也只给我们搭了临时的避难所，我们没有食物，我们看着剩下的一点点面包，不知道还能撑多少天。

医院没了，老人没法看病；马路坏了，快递没法通行；信号断了，求助没有应答。

我们就这样数着日子，等待着粮食，等待着棉袄，等待着一场救援。

有些哮喘病人因为没有呼吸机，没有挺过这一关。

有些需要透析的尿毒症患者，因为没有医院上班，去跟另一个世界的亲人相见了。

还有一些，内心承受不住，在半夜跳楼了。

这艰难的 45 天，你看着避难所的人，少了一个又一个。

临时搭的避难所没有淋浴间，厕所也是非常简陋的。每个人两条被子，一条当床，一条盖肚子。夜里冷到不行的时候，就用夏天的竹席再卷一层，这样可以挡住一些风，也能挡住一点夜晚的哭泣声。

避难所最受苦的是孩子，一个月前，他们还活蹦乱跳，还在各种游乐场开心快乐，他们也不知道发生了什么，只知道不能回家了，也不能出去了。要等警察叔叔来救自己，每天就盼啊盼啊，也不知道警察叔叔哪天会来。

孩子还有一个烦恼，避难所有很多虫子，专门盯着小孩咬，走哪儿都不放过，几个孩子的脸上、腿上、手上都是大红包。护士给了一些药，涂了也丝毫不管用。避难所的孩子，都成了红点孩子。

第二十八章　为祖国的未来唱首歌吧

悦耳湖这个小小的国家的国歌一直没有想出来，今天终于创作出来了。

李孝子谱曲，我填的词。

通过这首曲子向社会的各个角落传递正能量，希望能通过这些正能量来温暖每一个需要帮助的人。

这个时候太需要温暖和治愈了。

除了食物，大概最能承载的就是音乐了。而这个国家，懂点音乐的就只有李孝子了。

李孝子脑子里一直有首曲子，很想写出来。准确地说，脑子里有很多首曲子，很想写出来。

可是又不知道如何写这曲子。这可是国歌，哪里有那么容易。

拉了 5 分钟的时候，李孝子就不想拉了。一来拉出来的声调实在粗糙，二来总感觉不是自己脑子里的那个旋律。

李孝子把自己锁在小小空间里，在脑海里想象的巨大共鸣声中相遇、欢腾、嘶吼、释放、共情、陪伴。那个肆意昂扬的自我，在这场创作中重新被擦亮。

“爱音乐，少愁苦”大概就是这般快乐，哪怕是写一首悲伤的歌，创作的过程也是快乐的，全然把烦恼抛至脑后。更何况今天是要推出一首礼赞国家、歌颂希望的歌曲，那得有气宇轩昂的氛围感。

如果心里没有爱、没有善良，骨子里没有孩子般的纯真，那断然是写不出这样的曲子的，每个艺术家都值得被保护。

有时候远远地看着李孝子在创作，我真想给他一间没有门的工作室，他就只要跟他爱的音乐相处，让他免于生活的奔波和劳累，免于这纷纷扰扰和复杂的人际关系，保护他免受一切伤害。

李孝子在编曲里，加入了一些舞狮的鼓点，这正是这首歌的点睛之处。在华人社区，每到各种节日就会有舞狮子庆祝。外国的小孩都信中国功夫，就像中国少年都爱李白一样。鼓点一响起来的时候，大伙由心深处仿佛真的被唤醒了一段记忆，回到儿时锣鼓喧天、万狮齐跃的快乐时光。家乡庙会的烟火里，被淹没在鞭炮声和人群之中，舞狮的头套很是可爱，还有跳高桩的表演，灵动的狮子上蹿下跳，还有那不经意间的一声吼叫，快慢都在节奏中，一气呵成。据说，岭南是舞狮的故乡，只要鼓点一响，连家家户户养的狗狗都会舞狮动作。

不管怎样，这次，我们的国歌完成了。

这是一个非常简陋的国歌创作团队，整个团队就四个人。大提琴、小提琴、鼓手、钢琴，勉勉强强凑成了一支乐队，还有一只狗乱入。

这只萨摩耶是第一个会唱这首曲子的活物，极具音乐天赋，一听到音乐响起，它就会竖起了耳朵，将头歪向一侧，发出一声声抑扬顿挫的号叫，虽然有点跑调，但随时可以即兴表演，惹得大伙哈哈大笑，戏说这是一只才华横溢的狗狗，是福尔摩斯转世。

歌名叫《陪着你，不停歇》，分 3 个乐章，节奏欢快、明朗，歌词是这样的：

带我飞向悦耳湖

让我在粉色之间嬉戏

让我看看老人和孩子眼里的笑容

请握住我的手

尽情地吻我吧

让我甜甜蜜蜜

让我永远尽情享受阳光

悦耳湖，你是我所有的渴望

我所敬仰与热爱的一切

陪着你，不停歇

带我飞向悦耳湖

你知道吗

你一直就不平凡

这世界那么多浪与沙

而你绝不是

你的天空永远有彩虹

你的天赋就种着幸福和快乐

就连你的温柔也能复制

悦耳湖，你是我所有的希望

我所努力与追求的一切

陪着你，不停歇

带我飞向悦耳湖

你有大大的翅膀

远方翱翔是你的标志

你完全有能力

拥有美好的人生

你可以穿过寒冬拥抱所有人

悦耳湖，你是我所有的影子

我所坚持与相信的一切

陪着你，不停歇

这个国家的每一个人，这段时间，每天都在练习这首国歌，越唱越开心，越唱越觉得自己可以长命百岁。

每个人都在疯狂练歌，一副迎接大舞台的架势，每个人心里都在默默期许着，万一明年被抽中要代表国家上大舞台可不能怵。

音乐面前人人平等，音乐真的在这个特殊时刻，给予人触及最真诚心灵的温暖与力量。

第二十九章　大地每时每刻都在想念你

这群人都经历了该经历的人生。等重新走在这片土地上的时候，每个人都是如此的踏实。

你感觉，湖就在那里，它从未抛弃过你。

大自然是有情有义的，每个生灵都会说话，每个生灵都充满正能量，在经历了春夏秋冬生命的更替，成了另外的样子，但它依然是一开始的那个它，它的心永远没有变过。大自然的情感表达，是那样的炽烈而真诚。

那朵花，没有一刻不想你；

那片云，没有一刻不念你；

那棵树，没有一刻不为你遮风挡雨；

那处沙漠，没有一刻不为你哭泣；

那些海浪声，没有一刻不为你鼓掌。

就连这大地，每时每刻都在亲吻你的双脚。

大自然总是给你无穷无尽的惊喜，就像谁也没料到，悦耳湖的湖底，还静躺着一座历史悠久的古城。

水下的石质古城，雄伟壮观，神秘迷人，是中西结合的皇家风范遗存。

80 米的古城城墙，六条主干线街道井然有序，城中有三百多座牌坊，30 多座石质建筑，书院和剧院、制茶厂、盘龙雕刻厂、斗兽场布局紧凑。这里总共有五座城门，城门之上有城楼，城楼顶覆盖巨石板。每一个空间都非常宽敞且之间没有阻挡。

悦耳湖成了天然的避风港。没有风暴侵蚀，没有烈日暴晒、人类活动侵扰，时间的某一刻好像按了暂停键，在这静谧的湖底沉睡。

据说悦耳湖的湖底，没有珊瑚，也没有太多生物，唯独在这座水下村落的多条道路上，有 400 只蝴蝶在翩翩起舞，这些蝴蝶大多呈香槟色，也有个别色彩斑斓。

蝴蝶害怕孤独，总是成群结队出没。闹腾的时候，一起闹腾；安静的时候，一起安静。总是心照不宣，像是一支经过严格训练的队伍。奇怪的是，这群蝴蝶并没有一个首领，也没有一个打杂的小弟，大家都是平等的身份，但他们接收信号的时候，又是那样的顺从和一丝不苟。

比如，翅膀该向左的时候，绝不会有一只向右；该躲在礁石洞里的时候，绝不会有一只去抢风头。

如果它们今天要练习排成一个田字，那就一定是方方正正的田字，不多一处也不少一笔。

这要是换成是人类的队伍，那早就六神无主、一盘散沙了，没有领导的日子可不是什么好日子。有个领导，终归是好的。好坏都有领导担着，虽然领导脾气不好的时候，会说你是废物，心情好的时候会请你喝咖啡，虽然你被整郁闷的时候，也会在心里骂一百遍领导是个奇葩，但有一天，你忽然没了领导，这日子才是煎熬。

人啊，就是这样，潜意识里，能让你信任的还是天天待在你身边的人。

你知道他的脾气，也知道自己待在他身边要遭哪些罪，你就是这样哪怕有一百个想要离开的理由，但总是能够找到一个留下来死磕的理由。

每个人都是倔强的种子，身不由己，清醒的人又有几个呢?

还是这蝴蝶清醒而自觉，毕竟，它们脑袋太小了，没地方安放这千变万化的情绪，也就落得个清净自在了。

蝴蝶处于交配繁殖期的时候，水下就会出现成片成片的烟花。水下自然是没有火的，这烟花都是由这些蝴蝶团结一致的力量创造出来的。

一对一对，用力抱在一起，再融为一体，就变成了这一束束的烟花。蝴蝶的爱就是这样简单，带着彼此的赤诚与热爱，奔向彼此，最后只留一片灿烂的光芒给这黑漆漆的湖水。烟花往上冒的时候，会有咕噜咕噜的声音，那便是水里的春雷。

悦耳湖在每年的感恩节会变成叹为观止的浪漫的粉红色，这也是水下城的功劳。水下城有一大片的盐藻，每到感恩节的前一周，藻体会开始变色和疯长，把原本沉睡在水底的蝴蝶宝宝都惊动了，一开始它们不知所措地揉揉昏沉沉的双眼，再后来发现了如此美妙的一个水下新世界，都歇不下来了。紧接着，蝴蝶宝宝的翅膀都被藻体染成了粉红色，蝴蝶宝宝们开心地飞往湖面，迫不及待地想去看看外面的世界，一瞬间，把湖水染红，成为悦耳湖的独特景观。

为了看这一片粉红，很多人都会守在悦耳湖畔整整一夜，在湖边搭着帐篷。

他们吃着火鸡和烤排骨唱着歌庆祝感恩节，有大大小小二十多户家庭参加这次聚会。也有在营地吃火锅的，吃完就躺着看星星。外面有厚厚的雪，还有呼呼的风，为了等待这一场悦耳湖的粉红，煞费苦心。

不过这里没有寒冷，外面有升起的篝火，里面有壁炉取暖。

人们一边剥瓜子一边聊天，有广播的时候就停下来，竖着耳朵抓取重要信息，以免错过。

等着湖变粉红色，这事儿可急不来。到了夜晚也不敢睡，全家至少有一位哨兵，再不济，整个营地需要一个哨兵，万一错过了这奇观，那就要难过了。

看湖一分钟，等湖一整天，那也值得。

等湖水变成粉红色的时候，这世界上就没有灾难了。

等湖水变成粉红色的时候，亲人就回来了。

等湖水变成粉红色的时候，就不会再有疲惫和孤单了，更不会再有各种各样的敌人了。

这一刻，每个人都在渴望美好，在拥抱美好。

在过去的几个月，在过去的几年，甚至在过去的几十年上百年，灾难没有将我们打倒。灾难也注定不会将我们推倒，只要还活着，就总有办法复活，我们就总有办法享受生活的美好，强者恒强。

我们生命中最大的敌人是什么？

是疾病，或是不幸，还是灾难？

是内心里所有的贪婪、愚昧、仇恨、怀疑、傲慢、嫉妒、烦恼等。

这些外敌和内敌，在过去很长一段时间使我们患病，让我们失去快乐，让我们遭受比灾难更大的灾难。

我们与幸福的距离之间，就隔着这些敌人，我们在很长一段时间都误以为，这些敌人无法战胜，我们因此陷入僵局。

而历史似乎都在告诉我们，这些敌人，没有一个不能战胜。

极度自律和积极行动、顽强拼搏、坚韧不拔，都在我们的祖辈身上体现得淋漓尽致。

他们努力生长，他们挖出一条条峡谷，让我们看见阳光，爱和温暖也终将带我们战胜所有的负面情绪。

我们战胜了病魔，战胜了恐惧，战胜了一个个不如意，战胜了那些与我们紧紧相连的疼痛。

我们不准备接纳疼痛成为我们的一部分，我们更不愿意给疼痛和抑郁赋予新的意义。

我们终将找到与这些疼痛相处的方式，思考、创造和分享会向我们伸出援手。

我们在上升和下降中反复失衡，在疼痛中体验从未有过的生命强度。

如此，就像我们在等这片湖变成粉红色，而它从未让我们失望。

凌晨 5 点，悦耳湖开始泛红了，由一个小点慢慢向周围扩散开，不一会儿工夫，整个湖就穿上了新衣。

我们深陷其中，折服于自然的神奇，同时又感觉到自己的渺小，这种被万物深爱着的情愫溢满心间。如果用心去观察，你会发现万物都在用爱治愈我们。

今天的幸福生活来之不易！

我们从未像今天一样轻松过。

第三十章　大英雄回来了

李孝子回来时是一名呼吸科的医生，不过这也不让人奇怪，毕竟他父亲是名医，虽然他一直梦想着成为一名音乐家。

李孝子的天赋提醒他，你就该去做医生。

这些年，李孝子没有其他娱乐爱好，只有看书、看病历、分析病历、写病历，研究病源。

李孝子喜欢刨根究底，喜欢挖掘疾病内外逻辑，一碰到没想明白的就忍不住去探索，废寝忘食，对小提琴的那个热情劲儿无缝衔接到呼吸道了。

呼吸道有很多精彩的病例，有些你想都想不到。

比如，有个小女孩 6 岁前是一个健康的孩子，后来得了一种怪病，半张脸被大大小小的肿瘤覆盖，小女孩的半张脸每年都会膨胀一点，越大越严重，半边眼睛基本被完全覆盖住。小女孩长到 10 岁的时候，肿块开始往脖子蔓延了，她的父母意识到再这样下去可能会因为堵塞呼吸道而危及生命，去了大大小小的医院，一开始去的是皮肤科和神经科，治疗好几年都未好转，每况愈下。没多久，小女孩的脖子又开始出现病变症状，除了早期的肿瘤，全身上下长出超过一百个新的大小肿瘤，头骨也被病变吸收造成缺损，五官严重畸形，因声带受到肿瘤压迫而发音困难，食管被严重挤压已经无法进食，走路也开始一瘸一拐。随时面临基础营养摄入不足和呼吸困难的危险。

悦耳湖的华人在很短的时间内为小女孩募集了医疗费用，并帮小女孩找到了悦耳湖的名医李孝子。

李孝子花了一周的时间研究病历，找出核心突变肿瘤源位置在肺部，但由于肿块的位置，处理起来非常棘手，风险极大。早期的神经纤维瘤手术的后遗症可能影响到了神经，才出现脖子肿瘤，导致食管萎缩和更严重的呼吸道疾病，但是核心肿瘤并没有切除。小女孩危在旦夕，时间就是生命，李孝子随即带领科室的专家制定了缜密的手术计划和治疗方案。

这台手术需要分几次进行，因为肿瘤已与其神经纤维长在一起了，在手术时如果不小心割断神经纤维，会造成瘫痪。为了能让小女孩得到更好更全面的治疗，需要在次年做二次手术调整。

第一次手术经历了整整八个小时，李孝子依次为小女孩切除了 30 多个肿瘤，并逐一将严重变形的五官复位，完全没有影响面部神经。手术后第二年，李孝子又为她进行了第二次手术。一切都非常顺利，小女孩现在已经能够正常地呼吸和进食了，面部也在慢慢恢复。

这一案例的成功，让李孝子名声大噪，人人都赞许他是才华横溢的青年医生。

一个医生的幸福感，大概就是帮助患者战胜病魔，就是看到受苦受难的生命恢复美好的样子。

每次患者命悬一线的时候，他总能靠这份执着，化腐朽为神奇。

李孝子回过头来看，不可否认的是，最终让自己在人群中发光的，确实还是父亲留给自己的天赋。

我们总是在试图忘记天赋，更愿意选择去冒险，我们都太渴望年少有为。比如，画家都去卖画做商人了，弹吉他的都去开酒吧做老板了，文笔好的都去拍短视频做主播了，哪个来钱快就去哪里扎根了。当然也有一辈子啃老搞音乐的人。

人们丝毫没有发觉，自己走的路，正在一步步与自己的天赋对抗，我们理所当然地认为，向前一步，抓住机遇，会离成功更近一点，但其实你为此付出了惨重代价，你逐渐丢了自己的天赋，这是上天赐给你的最宝贵的东西。

或许你会跟我说，饭都吃不饱的时候，哪里还有时间去惦记天赋。等到饭吃饱了的时候，你还是没有拾起天赋，这个时候你跟我说，你画的那幅破画，不值钱。那我会赌你老了之后的一天，看到一群小孩在那儿画画，你会想掉眼泪，那曾是你的热爱啊，是多少金钱都换不来的天赋。

宇宙会给每个人一种天赋，如果人人都能发现自己的天赋，能孜孜不倦地热爱自己的天赋，并由着天赋做主，那成为某个领域人物的几率会高很多。

就像这些植物，他们清楚地知道自己所能达到的最佳状态是什么，它是一棵树，绝对不会去想着五年后，我要成为一朵鲜花。我能管好这棵树，该发芽的时候发芽，该结果的时候结果，该沉寂的时候沉寂，那就够了。

上天赐予我们天赋，那就继续精雕细琢，一旦弄丢了，即便你赢了世界，内心深处依然是不完整的。

就像经商也需要天赋，如果老天给你的天赋是让你去做一个研究员，为人类进步做贡献，而你天天想着去创业，失败两三回，把祖辈留下来的家业折腾完了，穷日子又过不来，这一辈子就落得个郁郁寡欢。回家整理房子的时候，才发现自己可是当年年纪最小拿国际粒子科学奖保送海外名校的人。

不是每个人都有清醒的认知，生活就是这样，就像成都老火锅，一层又一层，造化弄人，非常多意外的叠加，各有各的滋味。

那就找个时间，把天赋挂在墙上，提醒自己爱惜这天赋。而你孩子的天赋，也需要靠你一双火眼金睛。

在翻山越岭之前，知道自己在哪一处发力，剩下的事情就会简单很多。接下来你只要做到持之以恒，到山顶也会快很多。

有的人可能迟钝一点，有的人也许敏锐一些，但所谓的迟钝或敏锐都是建立在特定领域的基础上，如果用会不会游泳来评判一只鸟，鸟会终其一生以为自己愚蠢至极。

每个人都有自己独特的天赋，或隐藏或显露无遗，但你一定有办法感知。

如果你想留住天赋，没有人可以夺走，社会永远愿意为此埋单。

卷四 冬至。归

JUAN SI

『高原台风』结束后，人们又回归了正常，有些人走了，有些人留了下来，他们又开始了新的征程。

第三十一章　真的老了

这是一个再寻常不过的秋天的早晨，起来的时候，突然发现自己的肩颈抬不起来，整个上半身被死死地吸附在床上不能动弹。拼尽全力才够着手机，想找个求助的人，突然发现在这个城堡里我好像孤独一人，有几个有点交情的朋友，但也不好意思这个狼狈样子去打扰别人。

最后还是自己挣扎着站起来了，右边耳朵感觉失去了听觉。

怎么突然就成这样了，我自己也纳闷。昨天还好好的，一点症状都没有，难道这是中风的前兆吗?

我甚至不敢迈出家门，在家里至少还能有个地方躺着。

踉踉跄跄热了一杯牛奶，突然感觉嘴巴睁开都困难，好不容易咽一口唾沫，喉咙也痛，感觉脸有一边也歪了。

这下我有点慌了，赶紧用了洪荒之力叫车去了医院，一路上心里默念着，爷爷奶奶一定要保佑我平安到达医院。

一检查，幸亏来得及时，早发性脊椎性神经炎。

医生在我背上整整扎了二十几针，接下来的一个星期我每天都准时去做理疗，经过一个星期的折腾，我好像又恢复到了从前的灵活，真是喜出望外。

以前总听人说，世事无常，但这番经历，算是让我大彻大悟了，原来真的有一天，醒来的时候，不知道自己身体的哪个零件会死机。

如果今天不是我发现及时，可能下半生就在床上躺着了，我还得重新去学走路，学说话，学吃东西，而这一切，只不过发生在我平平无奇的 45 岁时醒来的清晨。

更糟糕的是，紧接着又来了过敏性皮疹，两个小腿都起了大块大块的红块，一到晚上就会痒得睡不着觉，涂什么东西都不管用。半夜披头散发，用刮痧板刮腿。两周后，不痒了，红块也没有了，但是大半年两个小腿的皮肤都死掉了，是枯死的黑色。

我开始意识到年龄这个问题，是呀，我 45 岁了，身体真的不一样了，哪怕你的脸保养得再年轻，身体已经不能逞强了。

从这以后，我特别注重运动和养生。

过去无欲无求，也是在这个瞬间，发现自己还有很多未完成。

养生的第一课是学会用精油调理身体。

先是要入装备，24 种精油和各种工具。精油拉近了自己与自己的距离，并释放内在的压力与宽容。

这段时间，简直是打开了新世界的大门，世界上永远有待探索的美好事物。

如玫瑰精油除了可以入肝经、入脾经之外，还可以促进体内血清素的分泌，让女性更加魅力绽放，增强吸引力。

茉莉精油可以改善女性工作压力大引起的燥热、潮红、烦躁、盗汗、痛经。

洗头前一个小时用五款精油给自己做头部理疗，可以让头发变浓密。

平时我也喜欢盲摸精油安抚情绪。用得最多的是乳香精油，真的很好用，有种空性。

这里我特别分享三个常用的精油方子：

生发五君子：生姜＋雪松＋薰衣草＋迷迭香＋扁柏；各五滴，条件允许买个小的头疗工具，否则就用面签涂。

过敏三宝：薰衣草＋茶树＋乳香；各五滴。

睡眠双宝：乳香＋薰衣草；各五滴入枕头。

最后是用精油调节情绪这部分，对我帮助很大，我想要重点分享一下。

一个平稳的情绪，才是衡量一个人能力的硬指标。

我们能有一套管理情绪的方法，是受益最大的。

工作环境，家庭环境，很多慢性的压力会在你的身体上反映。

如果你的工作环境给你带来不舒服的感觉，比如这些人真的是你不想打交道的人，你进入这个场合就感觉自己不属于这里，你的价值没有在这里获得体现，他们的做事风格是你不认同的。

家庭环境也是一样，如果长期处于一个不和谐的、负能量的，一个零流动的家庭环境，你的身体也会受到很大的损伤。

进到这样的场域，你不开心的时候，你的身体已经在告诉你了，这里让你感到压抑。一直忍下去的话，你的身体会出现问题，你的身体会发出信号。

那些坏情绪产生的物质，为这些病灶的滋长提供了非常好的环境，它就很容易结出一块砖，盖成一间随时会塌的房子。

但你要知道，没有哪一种情绪是不应该的，没有哪种情绪来之前会跟你报备让你做好准备的，你要学会接纳随时可能会来的未知情绪。

如果你不改变状态，不去调整情绪，你这个东西哪怕消了还会长，因为你的环境没有改，房子还在那儿。

一定要调节好，去接纳自己的这一切，才不容易生成情绪垃圾。这个过程是个持久战，需要不厌其烦，尝试各种方法，并不是说你吃一顿饭或买一个包就调节好了。

正视自己的情绪，我们在这个过程当中，需要换个磁场，分散注意力，精油可以帮助我们进行调节。

很多精油都是大树的宝宝，凝聚大树的爱和土地的精华，以及农夫的耕耘，很容易让人产生幸福感，自身带有积极情绪的感染力。

它们通过嗅觉到达你的神经系统，到达海马和杏仁核。也就是所谓掌管记忆和情绪的开关，是最快的调节情绪的方式之一。你闻到一个熟悉的味道，到一个城市吃到一个菜，你会突然想起小的时候吃到妈妈炒的这个菜的味道。记忆和嗅觉，它们组合在一起是非常快的调节情绪的开关。

养生的第二课是学会往肚脐眼里塞东西。

小时候我为了藏外婆给我的私房钱，就把钱折成小方块，贴到肚脐眼，出去买冰糕的时候，就躲在墙角把胶布撕下来，拿出一张，再贴上。这事儿被老妈知道后，直气得跺脚。说是见过女汉子，没见过我这样的野路子。

没想到养生还得回到这个操作，真的是个轮回。

到超市买带壳的桂圆、花椒和陈的艾绒。

桂圆肉去壳去核，一颗桂圆肉，加 7 到 8 颗花椒和艾绒，捣碎了。每次取小指甲盖大小，放入肚脐眼，用贴纸封住。睡前一贴，早上起来撕掉。不方便自己做的可以去网上买现成的，坚持一个月，身体真的变轻松了很多。

养生的第三课是学会每周泡一次澡。

泡澡就没有什么讲究了，重点是水温适宜，水位过肩膀，可以加生姜，仕女和乳香精油，也可以买精油球，放上一包泡澡草药。可以坐在水中冥想几分钟，视个人爱好而定。

我花了大把的时间，重新去让身体说话。

人一生出来的时候，其实什么都是好的，都是完整的，在众多人的期待中来到这个世界。还没折腾几年呢，就丢了芝麻又丢了西瓜。

养生的目的并不是为了让身体更好，而是让自己多一条路，碰到状况的时候，自己也可以试着去调理，不至于束手无策，伤害自己，也殃及家人。

更重要的是，生活可能只会更难，你难道就这样破罐子破摔了吗？

你辛辛苦苦来到这世上，不就是为了去经历人生少有的几个幸福快乐瞬间吗？苦是常态，但幸福快乐是自己的选择。如何在这条有点辛苦的路上，找到自己的幸福，是自己要为之努力的，我也相信我们每个人都能摸索出属于自己的幸福方法论。

你的承受力是引领你走向幸福的唯一法宝。我们从小受的教育，都围绕着你要强大，你要优秀，你要卓越，你才能成为人中翘楚，才能过上想过的生活，但是很少有人教育你，你要把生活过幸福，不管是一个人，还是两个人，还是一家子人，不管生活给了你什么，你都要把你仅有的生活过幸福。人这一辈子，无论贫穷或富有，为此努力的也就那么几个幸福的瞬间，那就尽自己所能，让幸福成为常态。你活幸福了，你周围的人才会更加幸福。

这其中，肯定会经历一些苦，一些风雨，如果把幸福快乐当成主旋律，它会给你力量，如此，你幸福快乐的领地不会被侵犯，会传宗接代。

很多人会问："幸福是什么？"

我的回答是："幸福就是活着的每一天。"

第三十二章　前往人生更好的下一站

在第二年的春天，万物复苏，我的身体也痊愈了。

这一次悦耳湖变成了喜悦的鹅黄色，湖边空地里生出一支叫不出名字的花，静悄悄地等着醒来的人路过。

相伴而来的丝丝微风和太阳，在春天的秋千上荡漾着。湖边有块绿草地，一只黑鸟飞过，大家都出来野餐了，拉小提琴、说段子、猜谜语、唱歌跳舞。

看来，夜晚出现的梦，白天都实现了。

第一次不想去远方，想要停留下来。这些年身体透支严重，需要好好爱惜，再容不得半点折腾。随着年龄的增长，身体状况的变化，越来越感受到家的重要性。

家并不意味着一定要有一个伴侣，一个孩子，一个人也可以是一个家。你有责任有义务把这个家打理好。

你看那些植物，一株植物一个家，一株植物一个坑。这些植物都在用心经营，小心呵护，把自己的土壤和生态打理好，才能在属于自己的方寸之地，绽放芬芳，活出价值和精彩。

只要你静下来与家中的每个角落对话，与周围的一草一木对话，安静听听他们到底需要什么，他们都会告诉你，他们无欲无求，当下就很好。

在探索大自然生命的旅程中，我也找到了一套适合自己内心幸福的方法，在很长一段时间，这个方法论帮助我突破了一些烦恼和恐惧，达到自己理想的温柔、平静、圆满的状态。

在探索的过程中，发现雄性和雌性，无论植物还是动物，甚至人类，都有着巨大的不同。而我所着重研究的是脑神经和脑肠轴这一块。

错综复杂的情感，其实都离不开各式各样的激素。

多巴胺主导兴奋，乙酰胆碱主导清醒，脑内啡主导满足，肾上腺素主导紧张，氨基丁酸主导镇静，

血清素主导情绪波动，雌激素主导女性荷尔蒙。

女性的进步和觉醒，总是建立在无数的血泪之上，可是就是没办法跨过这一步而直接到下一步，不掉一层皮，永远不会大彻大悟。

这几天重新看花木兰的故事，生在乱世代父从军的女英雄木兰。这个耳熟能详的中国故事，一直被浓墨重彩灌输的思想，总是告诉大家女孩子不仅是公主，还有可能是英雄。

今天再读这个故事的时候，我觉得花木兰的故事，真正要告诉大家的应该是：我们如果能够摆脱性别束缚，我们或许能挖掘自身更多的潜能。

摆脱性别的束缚，物质和精神都独立不依赖任何人，构建强大的自我，以一个更纯粹的人的身份，去堂堂正正地行走在人世间，过完属于自己的一生。

女性也可以站在某个领域的顶峰，并不是男性就该养家糊口担起重任，生育也并不是女性本该做的，女人也可以坚毅果断，男人也可以爱美温柔。

爱怎么过就怎么过，这都是你自己的人生，不需要被一些条条框框束缚。

你自己一个人就是一个家，你在哪里，哪里就是家，你永远要做家里的

主人。

做好家里的主人，需要一套总的指导方针。在这里我可以分享一套我摸索出来的指导方针：

我的这套指导方针叫“无负今日”。

过去我们很多女孩在情绪中至少浪费了三分之一的宝贵时间。

其实你不用去想太远的将来，甚至是明天都不用去想。我发现我开始贯彻和实施“无负今日”这个人生大方针之后，人突然变得异常的轻松，哪怕是处于雌激素和血清素含量异常低的经期的前几天，也能睡好觉了，身体和大脑都轻松了很多，意念真的是一个可以改变生活的神奇存在。

选择贯彻和实施“无负今日”这个人生大方针，也是我在悦耳湖这些日子悟出来的方法论，可能过去我们也有诸如活在当下、过好当下的每一天、随遇而安，这些耳熟能详的指导思想，看着大基调都是一个思想，其实还是没有“无负今日”这四个字来得准确，为什么这么说呢，“无负今日”更具有实践意义。第一，这四个字简洁，比活在当下、随遇而安更有积极的主动性。活在当下更贴合无为思想，随遇而安略带有一种无可奈何的意味，并且忽略了一个大前提，就是得“遇”，如果没有遇到呢，那怎么安呢？如果你一天天就是这样躺着，那也可以安慰自己说，我这是随遇而安吗？在实际操作中是很难执行的。

所以我发现“无负今日”这四个字更具有实践和指导意义。

每天醒来的时候，一想到这四个字，就会自然而然地形成“我要过好今天，不能白过了今天”的主动意识。这样就会自动摒弃掉那些不太好的想法，诸如，我就这么睡一天，我就这么刷剧一天，类似这样的想法就不会有，那自然就不会有睡一天的行为和刷一天剧的行为。

在接下来的一天，一想到“无负今日”这四个字，就有点不敢怠慢今天的生活，总觉得自己要做点正向的事情。所以当我刷手机十几分钟的时候，我心里就会有一个信号释放给自己，提醒自己，你现在在做浪费时间的事，我就不自觉地开始去研究悦耳湖博物馆厚厚的文物书。

当说不清的郁闷或烦躁的情绪涌上心头的时候，这种情绪在脑海里待了几分钟的时候，我心里又会发出一个信号，提醒自己，你的负面情绪又来拜访了，不能长时间沉浸在这种负面情绪中，我就下意识地离开当时的磁场，去尝试做一些其他的事情，来转移这种不太好的情绪，等我着手做完后面的那件事情的时候，我发现我的情绪已经属于一个很平缓的状态了。这种感觉真是棒极了——在过去，我可能就陷入负面情绪，一个上午或者一天都闷闷不乐无精打采，一整天就蹉跎了——我感觉离更好的自己又近了一步。再比如，我今天在跑步机上还没跑一公里就有气无力了，过去我每天都能跑五公里。这个时候，我就提醒自己：是的，我现在状态不太好，可能运动细胞还没有唤醒。我就尝试去做一些轻量运动，再回过头来跑步的时候，我发现自己最后居然跑了八公里。这样我每天五公里的目标也超额完成了。在过去，我可能就垂头丧气地回家，责怪自己起了个大早还跑不动，回去又呼呼大睡。总是给自己积极的暗示，又捡回了一天的好心情。

当有了“无负今日”这个人生大方针之后，很多东西似乎真的就豁然开朗了，这个方针的意义不仅在于它的指导性，还在于它的可操作性。过去的四十几年，不能说我没有指导思想，只是我的指导思想太多了，这些指导思想我相信大多数人都有，且大多数是正向的，但属于群龙无首、多种多样的状态，这样就会导致下面的执行非常松懈。

在“无负今日”这个总方针的指导下，在这一年的时间，我需要实现三大目标：

第一，调养身体，具体来说，就是养成好的生活方式，执行计划就是四点，早上6：30起床，晚上10点睡觉；营养摄入均衡（早餐鸡蛋牛奶坚果面包，中午鱼禽肉和蔬菜，晚餐蔬菜水果酸奶）；坚持一小时运动；保持心情愉悦。

第二，在后院搭一个中式花园，具体来说，就是我需要人力和财力，执行计划就是：花的每笔费用都要记账，每月只能花1000美元，每个季度接两个项目，保证平均每个月能有1万美元的收入，这样加上原来的积累够我在年底动工了。

第三，将悦耳湖文物知识形成体系，具体来说，就是博物馆里面的物件能够铭记于心，执行计划就是：先把馆藏文物三本书啃完再把重点的文物记载背下来，去找馆长聊天，最后就是申请做志愿者讲解员，这样到年底的时候，我就能把自己的知识体系做成一个通俗版本的小视频系列在网上传播。

你看看，我这一套的目标和执行计划都出来了，逻辑非常清晰，可操作性也非常强，这比我过去几十年探索的任何一个思路都要清晰，我觉得会是我接下来的人生极具动力的方法论，我相信这套方法论对你们也会有一些帮助。

这世界上，还有那么多人受情绪的困扰和打击，还有那么多人，日子过得非常糟糕，心理压力那么重，如果能用我总结出来的这些小经验去帮助一些人，去除心魔，或是缓解心魔，那我自然是万般欣慰了。

确定人生的总方针太重要了。

第三十三章　有缘再见

这座城堡的老朋友们，都回国了，只有我一个人选择把悦耳湖当作永久的家乡。

虽然其间年迈的老父亲打电话催促过我回国买个房子，安安分分过中晚年，但只有我知道，我心里只有一个故乡，就是这里。

这里有陪伴我的一切。

我在父母的身边也就短短几年的时间，而我在这儿的时间远远比待在他们身边长。

那个住一楼的大高个，“高原台风”期间没有回来过，那次大火后就失去了他的消息。

二楼的子木，一直在哥本哈根待着了，陪在唯一的亲人母亲身边，还在做生物学教授，他有漂亮的太太和可爱的女儿。

三楼的思琴，她前半生误入歧途，后半生才开始探索属于自己的路，有了自己的事业，过着内心无比坚定的生活。岁月不败美人，没有在她容貌上留下痕迹，她看着还是二十几岁的模样。只是，她现在已经不需要再像二十几岁时候那样依赖男人生活了。

五楼的李孝子，在达州做呼吸科医生，现在整个“感恩国”都太需要他了。

六楼的温温已经长大了，他的梦想是 30 岁的时候，全球的电影院大屏幕能上映他制作的科幻大片，当然科幻片里面有他的神狗福尔摩斯。如果是别人，我可能就只会老母亲般地摸摸他的头，但他是温温，不是一般的小孩，我比谁都相信他能实现梦想，只要他坚持自己的天赋。

七楼的项太太和项先生带着儿子回上海了，前一天晚上给我留了一份亲手做的巧克力维纳斯蝴蝶酥点心，第二天清晨就悄悄启程了。

我做的那个梦，城堡里的人，每做一个好事，这座城堡就会上升一层，每做一件坏事，就会塌陷一层，看来真的就只是一个梦。

而我的那个爱人，我的清水，他或许真的就变成了这片粉色的湖泊，永远留在我身边了。在漫长岁月中，我早就原谅了他的不辞而别。我跟这粉色的湖泊说："谢谢你做了一回我人生的嘉宾，谢谢你的出席，让我可以招待你，让我曾经鲜活、敏捷、灵动、清澈如少女。"

只要爱过，那就注定不会颗粒无收吧，那些因爱播撒过的思想的种子，早已长成了茂密的森林，吞噬了生命里的那股冷气，护我温暖前行。

宇宙为你安排了一位爱人，不管结局是圆满还是破碎，他一开始的意图都是好的，希望你不再孤单单的一个人，希望你有人陪伴有人疼爱，希望有人让你对这个世界满怀憧憬，他甚至希望看到你们的下一代。

爱情和婚姻里所有的狼狈和龃龉，只不过是，这个爱的基因，不小心发生了突变。而造成这次突变的根本原因，不是不合时宜就是肆无忌惮。

你身体里的细胞每天都在分裂，在变成另一个鲜活的新细胞。只要还活着，生命中的裂缝，你就有足够的能力拼起来，新的生命会到来。

哪怕是活到了 60 岁成了老奶奶，我依然会怦然心动，我依然会热烈真诚坦荡地去爱，我依然相信爱情，依然愿意去奔赴。

人类离不开爱。

我们时时刻刻在痛苦与美好中撕扯，而我们也日日夜夜，永不停歇地在构建属于自己的理想国。

我们每一个人都不曾放弃过生命中的光和幸福，更没有放弃过对自由的向往，这些东西陪伴我们长大，变老，传给我们的后代，如此便有了生生不息。

那些饱受苦难与迫害，不管是精神上，还是身体上折磨的人们，最后也必将会站起来，他们追求美好的双脚从未残缺，他们呼唤美好的声音永远在呐喊。他们痊愈后一定会去热爱当下具体的生活，当下的一茶一饭、一梦一醒。

而属于我张南的眼下的日子，一个人，一条狗，守着这悦耳湖，陪伴着他们过好春夏秋冬。

打理着小花园，养着一缸龙鱼，潜心研究和发展悦耳湖的文旅产业。

比如高山花园音乐节、悦耳湖美食品鉴宴、越洋新锐演唱会直播首秀。

所有的一切，都在按着自己的节奏成为美好，默默地生机勃勃，长成柔软又成熟的生命。

那棵大树是，那片黑土地是，那高高的山头是，那叫不出名字的植物是，那狼，那狗，那人，包括你自己，都是这样在拼尽全力，幸福向前，不枉费来这人间走一遭。

无论你成为谁，无论你把自己变成了什么，那就是你本来的样子。

幸福是终极的追求，一朵花为了幸福来到这世界上，一只鸟为了幸福来到这世界上，一个小孩也是为了幸福来到这世界上，你看我们拼命努力来到这世界上，都是为了幸福。

我家的这条狗，虽然不如神狗福尔摩斯，但它半岁不到，就历尽千辛万苦爬到这高山上，来到我身边，与我做伴，应该也是为了幸福。

我知道我从来不是一个人，跟我一起在这里生活的，还有幸福和快乐，运气和福气。

它们都伴我左右，在另一个空间，只是我没有看到。

和我一起生活的，还有我的爷爷奶奶我的祖祖辈辈，我的血液里流淌着他们的基因，他们都伴随着我，保护着我，让我免受更大的苦和更大的灾。

他们给我力量让我变强大。

我越来越清醒，对自己想要的东西从未如此清晰，我要的就是幸福快乐。

而这幸福快乐，绝不仅仅是靠一个男人或一个孩子就能获得的，也绝不是靠一些美好回忆支撑的，要靠不断往前走的自己。

去努力拥有幸福能力，去修行让心境趋于平静，去经营让关系和谐有趣。

不断去创造价值，才能不断去接近幸福快乐的状态。

我们几乎没有一个人能在完美无缺的童年环境下长大，或多或少有一些缺失，我们每个人都有必要学习一些调节内心和情绪的方法，让你的这颗心，平静，强大，充满幸福和快乐。

我们几乎没有一个人能经历一段完美的爱情幸福到老，或多或少有些伤心和失望，只要你的幸福能力没有被毁掉，还有一颗向往幸福的心，你就能绝处逢生，妙趣一生。

天地、湖泊、牛羊，还有风经过的地方，都是幸福。

当你洗碗的时候，你就认认真真地洗一只碗。喝茶时，就认认真真地喝一杯茶。看一朵云的时候，就认认真真地看一朵云。

至少此刻，我们都是幸福的。

风卷大地，什么都没留下，又好像什么都留下了。

无负今日。

后　记

因工作的原因，有机会接触了很多美食链顶端的名厨，在这里就不一一提名了。感谢你们对我写这本不是美食书的美食指导。我希望大家能从书中感受到生活的真谛，美食和美景恰恰是其中的重要元素。在还没有毕业的时候，我做了一年的外事翻译，我因为这个职业感到前所未有的快乐。后来的近十年时间，我阴差阳错在食品行业从事美食主编和运营的工作，我喜欢食品加工机器运转的声音，这些声音就如同唤醒我内心的声音，会让我兴奋。我很少用文字去表现生活的不堪，毕竟，我一直以来的愿望就如本书的中心思想一样：无论遇到什么事情，最终都成了好事。“想留一身轻松给这世界”是我毕生的追求，本想以这句话作为书名，但想来有着浓浓的鸡汤意味，最害怕的还是自己变俗。

这些年，虽然挂着主编的名头，但其实脱离文字很多年，更多的精力专注在商业上。很多朋友和前辈都在鼓励我，希望我坚持写下去。我的老师去年来上海看我，看我在忙于做食品相关的商贸工作，竟然感到非常痛心。她握着我的手，说我不要浪费自己的文字天赋，要坚持写作，我深知这其中一定有老师对学生的偏爱成分，却给了我鼓励。我确实是好多年没有提笔创作了，也感谢这段社会性居家时间，让我有了难得的空闲，也让我反省自己，有些事情要行动，不能一拖再拖。

我有了重新提笔写一本书的计划，让我感到惊喜的是，这本书的创作居然比我提笔写过去每一本书时更加轻松，我感谢老天爷依然保护着我这虚无缥缈的文字能力。

我脑海里其实一直有一个世界，有一片森林，也清楚地知道自己想要用文字去表达什么。我的文字风格也和十几年前大不一样，那时候太年轻，明明活在衣食无忧、父母相亲相爱的小幸福中，文字却充满了黑暗和绝望，所谓的青春悲伤文学。那些文字都是意识流，仅仅渴望被关注的创作状态。十几年后，我的文字，更加真实，也更接近生活，这也是我最为舒服的写作状态。

书中提到的悦耳湖一带并非我完全虚构的图景，你可以在瑞士或北美看到无数个这样的高山湖泊，它只不过是我有生之年所看过的所有高山湖泊的一个完美整合，只是湖旁边的七层楼的城堡，确实是我杜撰出来的，它的原型是我在纽约州 Canadaigua 拜访的一处三层楼高的破旧的古堡废墟。书中的故事情节也源自于我曾经发起的“她故事计划”里的那些普通的女孩，这些故事真实存在，只不过借我的文字，借这本书，融合成了一个完整的故事。整本书，唯有两处丝毫找不到原型的角色，就只有神狗福尔摩斯和那个帮子木消除欲念的梦中之神。

我在食品工厂简陋的车间办公室完成了整本书大部分内容的创作。这种不受干扰，天真无邪，梦游症般的创作形式让我兴奋。这种随时可以进入创作状态，不需要预先酝酿，任何时候都拿得起也放得下，正是我的本能，我从小做事情就很专注，会无视任何一个哪怕就在我身边站着的人。我常常觉得自己不是那种凭记忆创作的作家，我更注重创造性，我想要描绘的是一个你们“从未见过的图案”，但又能感觉书中的一人一物如此真实，仿佛就发生在你们的身边。

于虚构的人间乐土挖掘真实人性，从大自然、人、城市、美食4个维度，带领读者畅游一场“由内而外，以人对‘幸福快乐’的觉醒为中心”的成长之旅。这是我左思右想，关于本书的创作初衷，想给出的官方解答，这句话有些晦涩难懂故弄玄虚之嫌，但其实在动笔前，关于这本书，我没有任何想法，我只是希望，某些文字或小人物的真情实感，可以带给你们一点触动。希望我们都能在大自然和食物中克服恐惧和创伤，重拾内在力量。

我也在不知不觉中找准了自己的写作方向，我希望这本书能让你们有所收获。你也可以选择将这本书带在旅行的途中，闲暇之时，不妨坐下来听听大自然的声音，想翻几页就翻几页，在书中的某一页或许也能感受到“松风吹解带，山月照弹琴”的无限乐趣。在被欲望填满的时候，丢掉一些东西，过一种简单而自给自足的生活。回到你生活的地方，找到你生活的目的。

比起浩瀚无际的大海，我更钟爱湖泊，海望不到边，而湖可以。

比起顺其自然，我更希望我们每个人，可以无负今日。命运把你放到哪个地方，就在这个地方开出花。

我相信所有的女孩，如果能够抛弃性别的世俗束缚，一定可以挖掘出自己更多的潜能。

物质独立和精神独立，是生而为人的标配，男性在这两方面的教育是根深蒂固的，而我们女性这方面的教育是有些缺失的。

甚至到了今天，我们很多女孩，把能够实现物质独立和精神独立的女性看作遥不可及的榜样，认为自己很难做到。物种进化，社会环境，从小的教育，以及身体本质上的差别，让我们潜移默化，给自己建了一堵墙，把自己围起来，本能地保护自己，扮演好自己的角色，在一些条条框框中度过生而为女性的一生。

如果抛开性别的束缚，只拿自己当成一个人，你就能找到答案了。一个人在这个社会中，如果没有赖以生存的物质条件，没有一个能给自己前行力量的独立精神世界，那只有一种结果，就是灭亡，更不用去谈发展。永远不要低估人类的爆发力和潜能，物质独立和精神独立是人类生存的本能。

轻手轻脚，温柔相待，是这一生要上的课。

最后，我要浓墨重彩感谢我的母亲，她在我人生的各个阶段，给了我无限的支持和鼓励，爱和温暖，她永远是我的捧场王，也是最关心此书进度的人，在她的监督下，我完成了本书。因她是个受不得半点忽视的人，所以我在此书的末尾留下一处她，否者她又该胡思乱想了。

山杏儿

2022 年 6 月于上海

领取书中
美食配方

“

那些挣扎又热烈的人，都是夏日里绽放的玫瑰。

你在风雨里前行，留下了红色的花瓣。

夜空的繁星在闪耀着光芒，苍茫的宇宙中万物都在生长。我们那么费劲地来到这世上，又那么费劲地去翻山越岭，都是为了这一生当中短暂的几个幸福快乐瞬间。

祝你快乐

”

——山杏儿的信箱